新潮文庫

インテリジェンスの賢者たち

手嶋龍一著

新潮社版

9013

インテリジェンスの賢者たち　目次

インテリジェンスの賢者たち

ミーシャの墓碑銘

オックスフォード

深紅の薔薇《ばら》がディナー・テーブルの中央に飾られていた。今夜の主役は私よ、といいたげな艶《あで》やかさだ。隣家の夫人が心をこめて育てたダブリン・ベイだ。天空を切り裂くほどの鮮やかな紅色はアイルランドの大地でなければ生まれなかったという。

椅子《いす》を引いて「どうぞ」と夫人を促した。席に着く優雅な所作はいかにも英国のレディだった。美しい白髪がかすかに揺れて天井のライトに映え、薄紫色に輝いた。ピンク地のサマードレスを愛らしく着こなしたそのひとは八十に近いだろう。だが、鳶色《とびいろ》の眼はどこかいたずらっぽい光を湛《たた》えて敏捷《びんしょう》な森の小動物を思わせた。

オックスフォードシャーのマナー・ハウスに住む英国の外交官から「ささやかな晩餐《ばんさん》を催すので招きたい」という知らせが届いたのは夏のはじめだった。かつてニューイングランドの大学町でともに研究生活を送った友人である。彼の案内状の片隅にはこんなメッセージが添えられていた。

「わが隣人はかつてブレッチェリー・パークにいたと聞いています。ブリティッシュ・エキセントリックのコレクターたる貴君のことを思ってお招きしました。メイン・ディッシュに雉《きじ》をと考えていますが、君には彼女の存在が何よりのご馳走《ちそう》になるのではと思います。席も隣にしつらえてあります。会話が弾み、よき友人になることを願っています」

ブレッチェリー・パークにはかつて英国の暗号学校があった。最盛期には七千人のスタッフがナチス・ドイツの誇る「エニグマ暗号」の解読に挑み、そこから読みとった貴重なインテリジェンスは「ウルトラ」と呼ばれ第二次世界大戦の戦局をも左右したのだった。チャーチル首相に率いられた大英帝国を勝利に導いた鍵《かぎ》は暗号の解読にあった。大戦の勝利の決め手は戦場から得られたのではない。ブレッチェリー・パークで手にしたものだ、といわれるゆえんだ。ロンドンの北方四十マイルにある小さな町の名は、対独暗号戦の伝説と共にいまなお人々に語り継がれている。サマードレスの夫人は防諜《ぼうちょう》当局による厳重な身元調査をパスして「暗号解読チーム」の一員に加わったという。インテリジェンス・コミュニティの女性戦士だったのである。

ホスト役の外交官はかつて大学研究室のわが書棚に「短編の狙撃手《そげきしゅ》」として知られるロアルド・ダールの自伝『単独飛行』を見つけて微笑《ほほえ》んだことがある。

「ブリティッシュ・エキセントリック種の観察が趣味とはね、きみもかなりの変わり者だ。いまのうちに採集しておいたほうがいいぜ。なにしろ、わがイギリス社会でも滅びゆく人種だからなあ」

ダールは一九三〇年代にシェル石油の新人社員として東アフリカに赴任したのだが、この特異な自伝には若き日の短編作家が出会った風変わりな大英帝国の臣民たちがデッサンされている。真っ裸で船のデッキを散歩する少佐殿。けっして指で果物に触れようとしない潔癖症の農場主。フケ性を装《よそお》って塩の粉を襟足に振りかけカツラであることをひた隠しにする紡績工場支配人。こうしたブリティッシュ・エキセントリックの横顔が活《い》きいきと描かれている。

「この風変わりにして稀有《けう》な人々たちが地上の山野を徘徊《はいかい》しているうちに、彼らの姿を眼のあたりにできたことはじつに幸運だった。なぜならまもなく彼らは絶滅の運命に見舞われてしまったからだ」

かのブレッチェリー・パークにこそ、純化され、蒸留されたブリティッシュ・エキセントリックが蝟集《いしゅう》していた。「コロッサス」の名で知られる電子式計算機を駆使し、コンピュータの原理を暗号解読に用いたのもかれらだった。かの数学の天才アラン・チューリングをはじめ、幾多の奇人、変人たちが独創的な方法でエニグマ暗号に挑んでいった。そして英国を勝利に導いていったのである。だが、天才と狂気の狭間《はざま》にあった風変わりな人種にまぢかで接した者たちも次々と世を去りつつある。

ピンクのサマードレスの女性は往事をいつくしむようにいった。

「あの人たちがイギリスを救ったことはいまでも誇らしいけれど、暗号機関での出来事は三十年の間、両親にもひとことも話せなかったのよ」

暗号解読に脳髄を振り絞った戦士たちの鮮烈な戦いぶりは彼女の胸のうちで永遠に生きつづけているのだろう。

私がその夜、マナー・ハウスに泊まることを確かめると、翌日、アフタヌーン・ティーに招いてくれた。温室《コンサーバトリー》は草いきれでむせかえるようだった。透き通ったガラスのテーブルにほのかな香りが漂い、やがてアッサム産の紅茶が運ばれてきた。手製のクッキーも添えられている。

去りゆく夏の陽ざしを浴びて、裏庭には色とりどりの薔薇が咲き誇っていた。

それぞれの株に小さな名札が付けられている。

「ミーシャ」「アリョーシャ」「スヴェータ」「アーニャ」「サーシャ」「リョーニャ」

すべてキリル文字の流麗なカリグラフィーで綴《つづ》られているではないか。

「彼女が永年いつくしんできた、そう、ミーシャたちの墓碑銘なのです」

ケンブリッジで科学史を講じてきたという夫が耳もとでぽつりとささやいてくれた。冷戦のさなか、東側のスパイたちは西側に影のように潜入して諜報《ちょうほう》活動に携わった。そして任務を終えると音もなく姿を消していく。西側世界に再び現れるときには別の名前と職業をまとっていた。ときには親からもらった容貌《ようぼう》をことごとく変えてしまう者すらいた。

サマードレスのひとは、ナチス・ドイツとの戦いが終わると、もうひとつの戦線に徴用されていった。冷たい戦争という名の戦いに——。対外インテリジェンス部門に移った彼女の任務は、ごくわずかな身元情報のピースをジグソーパズルのようにはめ込んで原初の貌《かお》に迫っていくことだった。それは広大な浜辺に砕け散った貝殻の破片を集めるような、気の遠くなるような作業であった。海外に散らばるエージェントが送ってくるクレムリンのスパイたちに関する情報。彼女の直感がそのインテリジェンスにスパークし、寒い国から来た諜報員の身元が割り出されていった。

こうして難敵を追跡しつづけているうち、いつしか東側の戦士が身近な存在になっていったのだろう。だが、引退後も機密の封印に手をかけることは許されなかった。影の男たち、女たちの存在の証《あかし》は裏庭の名札にかすかな痕跡《こんせき》をとどめているにすぎない。彼女にしかわからない符丁の形で——。

薔薇の名札には東西冷戦の最前線に在った情報《スパイ》戦士の烈《はげ》しい生が刻みつけられている。それは冷たい戦争を戦った者たちの墓碑銘だった。

サヴィル・ロウ三十二番地

ロンドン

『男たちは、妻を選ぶときより、仕立屋を選ぶときのほうがよほど慎重になる』英国に伝わるこの箴言《しんげん》は、男たちよ、決して衝動で妻を選んではならない、と諭している。彼《か》の地では、生涯の伴侶《はんりょ》と並びたとえられるほど、仕立屋は格別な存在であるのがわかる。

新橋にある山本五十六《いそろく》提督ゆかりの小さな料亭に、イギリス外交官の友人を招いた折の話だ。

「ここは東京ですから英国のマナーはお忘れになって」

女将《おかみ》にそう勧められ、わが友はいかにも仕立てのいい上着を預けた。彼の一族は、曾祖父《そうそふ》の代から同じテイラーで背広を誂《あつら》えてきたという。このため、わが友は、仕立屋選びの精力をオックスフォードの学友にして美貌《びぼう》の中国系英国人女性を妻に娶《めと》ることに振りむけられたのだろう。彼は、裏返しに畳まれた私の背広の内側に刺繍《ししゅう》のネームを見つけると怪訝《けげん》な顔をした。

「もしかしたら君は靴や下着にも名前を入れているんじゃないだろうな」

人前では脱がない背広にネームは不要、というのが英国流らしい。

「君がこんどロンドンに来るときにはわが家のテイラーを紹介しよう」

はたして、一族御用達《ごようたし》の仕立屋は、サヴィル・ロウ三十二番地にひっそりと建っていた。フィッターが流れるような所作で寸法をとり、台帳に記載する。この瞬間、私は顧客として永遠に名を連ねることになった。

それから一カ月後、なかくぼみ肩の英国調コンケーヴにして、ウエストをやや絞った典雅な背広が届いた。やはり、どこにもネームは見当たらなかった。

じつはこのロンドン訪問には、仕立屋以上の収穫があった。わが友は、ロンドンでの定宿だったグロブナー・ハウスに泊まることを戒め、これまた心地よいホテルを薦めてくれたのだ。山本五十六提督は、軍縮交渉でロンドンを訪れるたびにグロブナーに投宿した。ウェイターは山本が四年前に注文した朝食メニューまで諳《そら》んじてみせ、提督をいたく感激させたという。だがインテリジェンスの世界に通じた友は、かすかに微笑《ほほえ》んで首を振った。

「当時のホテルマンは、後のアドミラル・ヤマモトに限らず、賓客のことなら細大漏らさず覚えていたはずだよ。それに軍縮交渉の団員ならその一挙一動を情報部に報告していたと思うな。軍縮交渉の団員は、情報部の完全な監視下に置かれていたからね」

彼の一族が愛した「デュークス・ホテル」は、ピカデリー広場にほど近いセント・ジェームズ街から二百ヤードほど奥まった閑静な一隅に建っている。部屋数はわずかに三十六。それに長期滞在用のスイートが二十室。玄関に紋章の入ったホテルの旗が翻《ひるがえ》っていなければ、高級フラットと見紛《みまが》うだろう。こぢんまりしたロビーは、一線を退いた老外交官宅の洗練された住宅を髣髴《ほうふつ》させる。近くには「ホワイツ」や「カールトン」といった名門の会員制クラブが点在している。ガス灯のともる黄昏《たそがれ》どき、ジョン・ル・カレが世に送り出した、物静かなスパイ・マスター、ジョージ・スマイリーとこの石畳の通りですれ違ったとしても誰も怪しむまい。

「デュークス」との出会いによって、ロンドンでの私の悩みは一挙に解決した。コンシェルジェは、宿泊客にとって最も頼りになるよろず相談相手といわれるが、「デュークス」のコンシェルジェはカジノ狂の私にとって神のごとき導き手となった。ロンドンのカジノは厳格なメンバー・システムを敷いている。法の定めによって外国の訪問者がその日のうちに会員となることをけっして許さない。仕方なく私は名門カジノの玄関脇《げんかんわき》をうろうろし、会員に忍び寄って「一緒に入れてくれませんか」と頼みこんだりしていた。ガードマンにその種の客引きと怪しまれ、拉致《らち》されそうになったこともある。わが忍従と屈辱の日々——。だが、いまや有能な手配師たるコンシェルジェがチェックインまでにすべての手筈《てはず》を整えておいてくれる。「デュークス」に到着するとまずシャワーを浴びる。そしてネームの入っていないコンケーヴ仕立ての背広の内ポケットにポンド紙幣を忍ばせてカジノの客となり、ひたすら勝負に挑むのである。

明け方になってようやく真っ白なアイリッシュ・リネンのシーツが心地よいベッドに身を沈め、至福のひとときを過ごす。男は、妻と仕立屋同様、ホテル選びにもよほどの深慮をもってあたらなければならない。夜が白々と明けはじめたなかで短いまどろみをむさぼりながら、ふとそんなことを思うのである。

予期せぬ出来事

ジェノヴァ

イタリア北部の古い港町ジェノヴァで始まったG8サミットは、幕開けから波乱含みだった。海洋都市国家として栄えたかつての総督公邸、ドゥカーレ宮殿に集った先進八カ国の首脳たちも、心なしか緊張しているように見えた。「反グローバリズム」のプラカードを掲げた十二万のデモ隊が、見事なフレスコ画で彩《いろど》られた宮殿を幾重にも遠巻きに取り囲んでいたからだ。

「白装束の部隊から一瞬も目を離すな。彼らが動いた地点に最大の動員態勢をとれ」

ウォーキー・トーキーを手に、警備隊長が重武装の警官隊一万五千を督励している。「白装束隊」と呼ばれる一団は突破地点をあらかじめ明らかにし、肉弾攻撃をしかける構えを見せていた。だが、アナーキストの一団が「白装束隊」の出鼻を挫《くじ》くように最前線に躍り出していった。そして沿道の車に次々に火を放ち、商店街を襲った。リグーリア海が陸地に深く切れ込んで造られた美しい港町はたちまち火炎に包まれた。警備陣も催涙ガス弾と放水車で果敢に応戦したのだが、デモ隊を容易には鎮圧できなかった。そのさなかに悲劇は起きた。ローマからやってきた二十三歳の青年カルロ・ジュリアーニ君が警官の放った銃弾で射殺されてしまったのである。超大国アメリカの世界支配に抗《あらが》ったカルロ君の死は、わずか一カ月半後に米本土を見舞うことになる同時多発テロ事件のかすかな予兆となった。だがこのとき、未曾有《みぞう》の惨事がアメリカに襲いかかろうとしていることをまだ誰も知らなかった。

ジェノヴァ・サミットの警備陣は、早くからテロ対策を周到に練りあげていた。サミットに充《あ》てる地域をごく狭い範囲に限定し、幾重にも封鎖線を張りめぐらせる。

これが主催国イタリアのベルルスコーニ政権の秘策だった。だが、関係者の宿舎をいかに確保するかが難題となった。サミット・エリアを小さくするほど警備はしやすくなる。だが、おびただしい数の各国政府関係者や報道陣をすっぽりと収容するホテルなど、どこを探してもありはしない。このディレンマを見事に解決したのが、航海者コロンブスを育てたジェノヴァの知恵者たちだった。

豪華客船を引っぱってきてサミット会場に近いポルト・アンティーコの桟橋に繋《けい》留《りゅう》すればいい。これなら海に浮かぶ一級のホテルになる。豪華クルーズに就航している客船が次々にチャーターされた。かくしてヨーロピアン・ビジョン号をはじめ瀟洒《しょうしゃ》な客船が岸壁にずらりと繋留された。

ブッシュ大統領に同行してきたわれわれホワイトハウスの記者団も豪華客船に旅装を解いた。私に割りあてられたキャビンは、上甲板から三層ほど下層の小ぶりな部屋だった。おそらく二等船室といったところだろう。デッキから望むジェノヴァ港の入り口にはイタリア海軍の警備艇が遊弋《ゆうよく》し、海からのテロ攻撃に備えていた。

外の世界から隔離されたサミットの三日間はこうして過ぎていった。だが、会議が終わっても、時差の関係で、日本の夜のニュース時間帯にジェノヴァ発の中継リポートをしなければならなかった。そのため、たったひとりで豪華客船に居残ることになった。ホワイトハウスの同僚記者団は未明に大統領と共に去っていった。

前の晩、フロントで客船の出港時間を確かめておいた。

「当船はあす夕刻には、新しいお客様を桟橋でお乗せして、ミコノス島をはじめエーゲ海周遊のクルーズに出航いたします。それまではどうぞごゆるりとお過ごしくださいませ」

さすがは豪華客船。純白の制服に身を包んだ乗組員は、微笑《えみ》まで浮かべてこう説明してくれた。テレビ中継の準備が始まる明朝九時半まではゆっくりと眠ることができる。船内のカジノも閉鎖されており、することもない。そのままベッドに倒れこみ深い眠りに落ちた。

どれほどの時間が経《た》ったのだろう。泥のような眠りの底からエンジン音らしきものがかすかに響いてくる。いや、夢なのだろうか。なーに、気にすることはない。こう無意識のうちに自分に言い聞かせた。しばしまどろんでいると、エンジン音が次第に大きくなってくる。たしかにそんな気がする。

いや、心配することはない。出港時間は夕方だとちゃんと確認してある。出港の時間を確かめた相手は、イタリア人じゃない。謹厳なイギリス人だ。彼らがでまかせなど言うはずがない。なお浅い眠りのなかで、自らに懸命に言い聞かせた。

そのまどろみを打ち破るように船のエンジン音がはっきりと響いてくるではないか。いや、今夕の出港に備えてエンジンの調整作業が始まったにすぎない。落ち着け、大丈夫だ。こう自分に説得を試みたのだが、ものぐさな僕もさすがに不安に駆られてきた。エンジン音だけではない。船の振動もベッドに伝わってきたからだ。何か異変が起きているのかもしれない。なにしろ異例ずくめのサミットだったのだから。

仕方なくベッドから抜け出して、丸窓からおそるおそる外の様子を覗《のぞ》き込んでみた。顔から血の気がさっと引いていくのがわかる。なんとわが豪華客船はポルト・アンティーコの岸壁を離れつつあるではないか。哀れな僕を道連れにエーゲ海のクルーズに出航しようとしているのだ。

とっさに海に飛び込んで岸壁を目指すか。それともヘリコプターをチャーターしてロープで船から吊《つ》りあげてもらうか。残された選択はこのふたつしかないと覚悟を決めた。

フロントに走れ。すぐに事情を確かめなければ。勝手に出航してしまった責任をとがめてやる。大あわてでチノパンツをはき、部屋を飛び出した。階段を三段ずつ駆けあがった。

「船が岸壁を離れている。これはいったいどうしたことか」

「たしかに、お客様のおっしゃるとおり、船は離岸しております」

あの謹厳居士《こじ》が眉《まゆ》ひとつ動かさずに答えるではないか。かすかに微笑《ほほえ》んでいるようにも見える。

「お客様、どうかご安心のほどを。当船はポルト・アンティーコを離れて、通常の桟橋があるジェノヴァ港の対岸に移動中でございます」

わが頬に血の気が戻ってくるにはしばしの時間が必要だった。この出来事からひとつの教訓を得た。

常在戦場は武士《もののふ》の心構えという。取材の前線にあっては就寝中もチノパンツを身につけるべし。できればその下に水泳パンツもはいていることが望ましい。

黒衣の国際政治学者

ケンブリッジ

「国際政治の研究者とは、熾烈《しれつ》な競争を生き抜かなければならない銀幕のスターのようなものだ」

なんとしゃれたコメントなのだろう。純白の詰襟がひときわ輝く黒の僧服に身を包んだそのひとは、講義に聴き入る我々をゆったりと見まわし、静かに後ずさっていく。そして教卓にひょいと腰掛けて、黒い靴下を右、左と引っぱりあげ、絶妙の間をとって再び語り始めた。

「サイレントの時代は去り、トーキーの時代が幕を開けてみると、一世を風靡《ふうび》したスターたちはあらかた姿を消していた。生き残ったのはほんのひと握りだった」

冷たい戦争からポスト冷戦へ——。学者がふたつの時代を生きのびるには、チャップリンほどの天分が要る。そう説く講壇のブライアン・ヘア教授は、国際政治学者にしてカトリック神父だった。

冷戦が終わった一九九〇年代半ば、私はハーヴァード大学の国際的な研究機関であるCFIA・国際問題研究所で僧服の教授に師事した。超大国アメリカはいかなる条件のもとなら力の行使を許されるのか。この難問に敢然と挑んだのがヘア教授だったからだ。

ニューイングランドの大学町ケンブリッジ。クィンシー通りをはさんで、ハーヴァード・ヤードの向かい側に古風な煉瓦《れんが》づくりの建物がある。教授たちが会食などに集う「ファカルティ・クラブ」である。その年、世界のさまざまな地域から招聘《しょうへい》された十九人のフェローを迎えて晩餐会《ばんさんかい》がここで催された。フェローたちの顔ぶれはじつに多彩だった。黒人が初めて選挙に参加し、マンデラ政権を誕生させた南アフリカの国連大使。熾烈な麻薬戦争がいまも繰り広げられているコロンビアの国防相。後に北朝鮮の核問題を扱う六カ国協議の韓国政府代表にして外相となった韓国の外交官。英国国防省の民政局長、スペインの有力新聞のオーナー、さらにスリランカの大統領補佐官。安全保障の分野で豊かな経験を積んできたこれらの人材を大学に迎え入れてアカデミズムに新しい血を注ぎこみ、現代社会が抱える現実と緊張感を持って対峙《たいじ》しようとしていた。

コロンビアやスリランカからやってきたフェローたちが、華やかな晩餐会で、ときおり翳《かげ》りのある表情を見せることに気づく。烈《はげ》しいテロルが繰り広げられている彼《か》の地からCFIAに招かれ、暗殺の危機をひとまず逃れたことに安堵《あんど》したのだろう。と同時に、なお祖国に在って死の恐怖に耐えている同志への思いが複雑に交錯しているのだ。フィリピンのベニグノ・アキノ上院議員も、八二年、フェローとして招かれた。翌年、大統領選出馬のためマニラの空港に帰り着いたところを暗殺された。CFIAのセミナー・ルームには彼を偲《しの》んでいまも大きな遺影が飾られていた。

ＣＦＩＡフェローの歓迎晩餐でのゲスト・スピーカーがヘア教授であった。アメリカ外交をその高い倫理的見地から見つめつづけてきた彼が何を語るか。クリントン政権がハイチへの武力侵攻に向け、秒読みに入っていた折だけに、出席者たちは黒い僧衣を身にまとった国際政治学者の一言半句まで聞き逃すまいと真剣だった。

「東西冷戦の終結後もなお、世界は力の行使を全面的に否定するほど穏やかではない。むしろ国家主権の壁が溶解しつつあり、介入政策もときに平和維持のためには選択肢となりうるのだ。だが、それだけにアメリカは武力行使にあたって、きわめて厳格な自己省察を積み重ねなければならぬ。安易に剣《つるぎ》に手をかけてはならない」

ヘア教授はこう指摘して、武力介入を正当化する大義がないと、ハイチ侵攻計画を批判した。もとより、ヘア教授にも十全な解答があるわけではない。だが、超大国アメリカが直面する苦悩に、叡知《えいち》の限りを尽くして立ち向かおうとするその誠意は、新たに「知の共和国」に迎えられたフェローたちの心をつかんで離さなかった。

二〇〇一年、九月十一日の同時多発テロ事件。共和党ブッシュ政権は、この現代史を画した大事件をきっかけにアフガニスタンからイラクへと力の行使に突き進もうとしていた。それは、冷戦期を通じてとってきた「抑止戦略」をかなぐり捨て、米本土を狙《ねら》う脅威は座視しないとする「先制攻撃戦略」へと、アメリカが安全保障の舵《かじ》を大きく切ったことを意味していた。そうしたさなかに、ヘア教授を訪ねて教えを乞《こ》うこともしばしばだった。

「歴史家はやがてブッシュ大統領のバグダッドに対する力の行使に大きな一章を割いてその誤りを指弾することになるだろう。軍事力をどうしても使わなければならない緊急性はあるのか。伝家の宝刀を抜く十分な大義があるのか。同盟国の理解を得られているのか。そのいずれの条件も満たしていないからだ」

歴代の大統領が強大な軍事力に手をかけようとして思い悩み、幾度この僧衣の碩《せき》学《がく》に助言を求めたことか。だが、ブッシュ・ホワイトハウスは、教授を招こうとはしなかった。

ヘア教授は、危機の政局に臨む指導者像を講じながら、近くのセントポール教会の司祭でもあった。ハーヴァード・ヤードを歩きながら私にそっと打ち明けてくれた。

「大学では核の剣が降りかかってくると論じているのだが、じつは教会の古びたステンドグラスがいまにも落ちてきそうでね。でも修繕費のやり繰りがどうにもつかない」

この教会のクリスマス・ミサにも招かれた。ヘア神父は、ボスニアやルワンダで流血が絶えなかったその年を振り返って聴衆に語りかけた。

「イエスはわれわれの願いを容《い》れて来られたのではない。自ら進んでみえたのだ」

核の時代を生きるわれわれもまた、新たな国際秩序を打ち立てるため自ら身を挺《てい》さなければならない——。説教はいつしか国際情勢の分析となり、カトリック教徒ではない参会者たちもじっと聞き入っていた。

私は常の学校を毛嫌いし真剣に学ぼうとしなかった。ヘア教授という恩師を得て、学校ともっと真摯《しんし》につきあっておくべきだったと思いはじめていた。こうしたほろ苦い思いを、慧眼《けいがん》の師は見抜いたのだろう。

「前線のジャーナリストは学びすぎてはいけないんだよ。国家が戦争に迷い込もうとしていると直感すれば、まちがいを恐れず報じるべきなのだ。凡百の知識は真実に遡及《そきゅう》していく力を萎《な》えさせてしまう」
俗世に還《かえ》っていく不肖の弟子への餞《はなむけ》の言葉だった。

アランセーターの人

ディングル半島

灰色の海原に蛇が頭をもたげるように突き出ている。アイルランド島の西の突端、ディングル半島である。このあたりには「ゲールタクト」と呼ばれる集落群が点々と広がっている。古代ケルト語の系譜を継ぐ言葉を話す人々が住む一帯だ。農道でときおりすれ違う土地の人たちは誰もが意志的な風貌《ふうぼう》をしている。日々の暮らしのなかで使われるゲール語。かれらは滅びゆく言葉に限りない愛着を抱き、大英帝国への同化を拒みつづける背骨《バックボーン》としてきた。

ここからわずか三キロほど沖合に浮かんでいるのがグレート・ブラスケット島だ。孤絶——この島のありようを伝えようとすればこう表現するほか術《すべ》がない。島の人々は、荒れ狂う北の海からの烈風にひたすら耐えてきた。そんなかれらが口伝えに親から子へと語り継いできたのがブラスケットの物語だった。モルトが酒樽《さかだる》のなかでじっと時を待つように、島の出来事もゆっくりと熟成して、たぐいまれなサガとなった。世界の文学史上に特異な地位を占める極北のストーリーがこうして誕生した。なかでも「ペグおばさん」の記憶から紡《つむ》ぎ出された口承伝説は壮麗な叙事詩であり、聞き取った研究者たちを驚かせずにはおかなかった。そこには滅びゆく民族の魂が脈打っていたからだ。

だが、あまりに純粋な生はうちに滅びへいたる運命を宿しているという。語り部の島に吹き荒れる冬の波濤《はとう》は余りに厳しすぎたのだろう。二十世紀はじめには百五十人を数えた島民もひとり、ふたりと去り、ついに最後まで残っていた数家族もブラスケット島を棄《す》ててしまう。そしてあの美しい物語も島から消えていった。あれからもう半世紀が過ぎようとしている。

ディングル湾を隔てて対岸の断崖《だんがい》のうえにコテージがひとつ、ぽつんと建っている。わが旧友がここを終《つい》の棲家《すみか》にしていた。波が穏やかな日にはきまって愛用のディンギー艇を駆って外洋に出る。そして人なき島となったブラスケットを西の海から見あげるのが日課となった。

友はロイヤル・ネーヴィーの情報畑を一貫して歩んだ海軍士官だった。だが、官を辞すると一切のしがらみを断ち、ロンドンから絶壁のコテージに移り隠棲《いんせい》した。かつてブエノスアイレス在勤の駐在武官だった。アルゼンチンの軍事政権が英国領フォークランド諸島を侵そうとしていると本国に警告を発した。

「現下のアルゼンチン政府は、自らの経済失政で高まる国内の不満を外に振り向けようと画策している。ために、過激なナショナリズムを煽《あお》りたて、わが英国領に牙《きば》を剝《む》きつつある。軍事政権はフォークランド諸島にかならずや上陸する。事態を軽視してはならない」

こうロンドンに説きつづけたのだった。だが、官僚機構の驕慢《きょうまん》は、一介の駐在武官の意見具申など歯牙《しが》にもかけなかった。やがて彼の予見は現実のものとなる。それゆえに巨大組織からいっそう疎《うと》まれることとなった。本国の情報当局は、彼の警告電を極秘のファイルから抹殺することまでした。かくして彼は、孤高の情報士官としての怒りを内に収めたまま、本国を去ったのだった。

わが友人は崖《がけ》のうえから手を振って迎えてくれた。現役時代よりさらに日焼けして塩っ気もたっぷりの海の男がそこにいた。真夏だというのに分厚いアランセーターを着込んでいる。彼と海辺を散策しながら数年ぶりの再会を喜びあった。

ごつごつとした岩に囲まれた美しい砂浜には、海水浴を楽しむ家族の姿を数組見かけるだけだ。

「夏はどうもいかん。ダブリンからよそ者が大挙してやってくる。騒がしくてかなわない」

彼はこう嘆くのだが、いまどきこんなにもひっそりとした浜辺などありはしない。

やがて話題は現下の国際情勢へと移っていった。

「枢要《すうよう》な公職にある凡庸な人物、これほど厄介なものはない。彼らが危機に臨んでくだす無作為という名の決断は、一世紀にわたって国家に災厄を及ぼす」

この隠棲の地で、彼はワシントン、ロンドンの両軍縮体制の研究を続けていた。戦前の日本は、日英同盟をやがて多国間の軍縮条約に溶解させた。その戦略判断の誤りこそが日米の艦隊を太平洋で戦わせる結果を招いた、と彼はいう。アングロサクソンに無謀にも挑んだあの戦争の淵源《えんげん》を膨大な史料を駆使して立証しようと大著に取り組んでいた。

冷戦後の東アジア情勢をじかに論じているわけではない。だが、賢明な戦略家なら、ポスト冷戦時代の日米同盟を国連の集団安全保障体制に埋没させることの愚に気づくはずだ、と孤高の情報士官は指摘する。

「米ソの冷戦から最も多く戦略的な恩恵を得たのは日本だった。だが、冷たい戦争で多くを得た者は、同時に多くのものを喪《うしな》っていたんだ。だが、誰もそのことに気づいてはいない」

アジアの冷戦構造に深く組み込まれた戦後日本は、同盟国アメリカに自国の安全保障を安んじて委《ゆだ》ねてしまった。それゆえに、国際秩序の創造に関わる志を喪い、この分野で一級の人材を育てなかった。そして明日の戦略を担《にな》う若い世代の払底《ふってい》に苦しんでいる。それが今日の日本の混迷を招いてはいないか。これが絶壁の家に棲《す》む情報士官の見立てだった。

「政治指導力など日本の経済発展にはむしろ阻害要因となる」

バブル期の経済人たちはこう豪語していた。だが同じ人々が、あの虚栄の篝火《かがりび》が尽きてしまったあとでは、自己責任は棚にあげて、政府にひたすら救済を乞《こ》うたのだった。こうした惨状をみれば、彼らの言動など冷戦というビニールハウスのなかでの戯言《たわごと》にすぎなかったことが明らかだろう。

アメリカの主要同盟国は、いずれも異なったかたちで冷戦期を過ごさねばならなかった。英国は戦勝国とは名ばかりだった。一世帯あたりの配給量は、週わずか六十グラムの肉、一個の卵だった。戦後の大英帝国はかかる困窮に耐えなければならなかった。それほどに国力は疲弊していたのである。

フランスは第二次世界大戦と植民地戦争のふたつながらの敗者だった。それゆえ、「フランスに栄光を」と呼号する誇り高きドゴール将軍を必要としたのであった。

ドイツは祖国を四つに分割されて戦勝国の統治に委ねられた。そしてその東西の分割ラインがそのまま冷戦の最前線となった。同じ民族がふたつの政治体制に切り裂かれた。

こうした冷戦政治の文脈からみれば、日本が寛大な占領と戦後を享受《きょうじゅ》したという側面は否《いな》めないだろう。だがそれゆえに、われわれは冷たい戦争のひんやりとした空気を真に呼吸することがなかったのかもしれない。

崖のうえのコテージから今年もクリスマス・カードが届いた。だが、筆跡は妻のシーラのものだった。

「あなたが、わが家を訪ねてくださったときのダンの誇らしげで、嬉《うれ》しそうな顔を思い浮かべながら、いまお便りの筆を執っています。悲しいお知らせをお伝えしなければなりません。ダンは、ウォターヴィルのカントリークラブでゴルフのプレー中に急逝しました。安らかな最期《さいご》でした」

冷たい戦争の情報戦士がまたひとり舞台を去っていった。だが冷戦の黙示録は、妻のシーラに、われらが友人たちに、そして次の世代に語り継がれていくだろう。過去と真摯《しんし》に向かいあおうとしない者は、未来を構想する能力をいつしか摩滅させてしまう。冷戦をひたすら漂流していた日本は、いま過ぎ去った時から一斉射撃を浴びて身を屈《かが》めているようにみえる。

僧院のジゴロ

フィエゾレ

ヴィラ・サンミケーレのはるか眼下にはフィレンツェの街の灯りが見える。この館《やかた》はかのマキャヴェリが失意のなかで『君子論』の筆を執ったことで知られるフィエゾレの山中に建っている。山の端《は》に夕陽が落ちて小一時間ほど経《た》ったろうか。アルノ川が流れるルネッサンスの街の灯りが少しずつ明度を増していく。

ヴィラ・サンミケーレは、十五世紀にフランチェスコ派の修道院として造られた。僧院の正面を覆《おお》うファサードは、巨匠ミケランジェロが手がけたという。かつて修道士たちが往《ゆ》き来《き》した回廊は、そのみごとな眺望を生かして、いまはダイニング・ルームとして使われている。祈りの館がホテルに改装され、五ツ星の評価を得てもう半世紀になる。

回廊の間に僕がおりてきたときにはすでに四組の男女が席に着き、アペリティフのグラスを傾けながら楽しげに談笑していた。淡いクリーム色のテーブルクロスが清々《すがすが》しい。真っ白な制服を着たギャルソンがさっと近づいてきた。

「よく冷えたリモンチェッロを」

完璧《かんぺき》に磨きあげたグラスにレモン味のリキュールがそそがれた。

そのとき、六組目の紳士、淑女が姿を見せた。すでに着席していた僕を含めた五人の男たちは申し合わせたように顔をあげた。

艶《つや》のある上質な麻のスーツを着た初老の男、その脇《わき》に立つイタリア女性のなんとも気品に満ちて美しいことか。

やがて黒のタキシードに身を固めたソムリエがにこやかにやってきた。

「わたくしどもサンミケーレが自信を持ってお薦めできますのは」

そう言いかけた、まさにその瞬間だった。背中のおおきく開いた真紅のイブニングドレスに身を包んだ四十代のレディが黒髪の男にエスコートされて登場した。七組目だった。

六人の男たちは、ドミノのように首をあげ、この美女を見あげた。誰ひとり視線をそらす者などいない。それほどに知的で、息を呑《の》むほどに魅惑的だった。男たちの視線を一身に浴びている——。それを存分に意識しているのだろう。彼女は背筋をピンとのばして回廊のまんなかを進んでいった。そして最も眺めがいいテーブルに案内された。わが席を通り過ぎていくそのとき、ゲラン・ミツコの香りがかすかに漂った。

六人の男たちの視線はこの美しい女を追ってパンしていった。

テレビ・スタジオのカメラマンは被写体に焦点をぴったりと合わせると、フレームから被写体が逃げないように追っていく。これを放送業界の余り上品とはいいかねる用語で「付けパン」という。われわれ六人の視線は、この美しい標的を追って、スタジオ・カメラのようにパンしたのだった。

レディは、貴人を遇するようにエスコートされて席に着いた。ギャルソンが恭《うやうや》しく椅子《いす》を引く。ついでベネチアン・グラスにプロセッコが注がれた。気泡が立ちのぼるグラス越しにはるか彼方《かなた》のフィレンツェの灯が揺らめいている。

ややしばらくしてその夜の最後のカップルが登場した。

われわれ男たちは、それぞれのパートナーが険しい表情を浮かべるのに気づかぬ素振りをしながら、間髪をいれず新たに現れた淑女に視線をやった。

フランス人なのだろう。白い薄絹のドレスに身を包んだそのひとは抜群のプロポーションだった。

男たちはみな、撮影監督の指示にでも従っているように、シンクロナイズド・スイミングの六選手のごとくパンを試みた。

おや、と気づいたのは、このときだった。さきほど着席したばかりの黒髪の男だけがじっとパートナーを見つめたまま視線を動かさない。ときおり、男をちらりと盗み見て様子をうかがったが、向かいあった女性から瞳《ひとみ》を決してはずそうとしない。この世に他に女など存在しない、とでもいうように。

もう、男の一挙一動から目が離せなくなってしまった。ルキーノ・ヴィスコンティ監督の名画『山猫』に起用されたころの、初々《ういうい》しくも野性的なアラン・ドロンを思わせるような容貌《ようぼう》。鍛えぬかれた体軀《たいく》を仕立てのいい麻の上着に包んでいる。もれ聞こえてくる声は低くなめらかだ。もしかしたら、という要素に満ちみちている。

やがて、デザートが供された。そのあとは野外のプールサイド脇に置かれた籐《とう》椅子に誘《いざな》われた。ギャルソンが食後酒として、モスカート・ダスティを銀のトレイに載せて運んできた。

「プロフェッショナルなんだろ」

シシリー島のタオルミナ出身のサントは、押し黙ったまま表情を読ませない。僕はトレイの下にそっとチップを差し入れた。

「お客様からひとつ置いたテーブルのことでございますね」

口髭《くちひげ》をきれいに切りそろえたこのシシリー人は、微《かす》かに頷《うなず》いてみせた。やはり、プロフェッショナルだったのだ。

「こんどはポルト・ワインを一杯」

シシリー山中に野生の山猫が棲《す》んでいるとすれば、サントのような眼をしているに違いない。それほどに精悍《せいかん》な眼差《まなざ》しだった。この山猫サントの右ポケットに再びチップの札を差しこんだ。貴重なインテリジェンスには、それなりの敬意を払っておかなければ、礼を失してしまう。

「あの男は極めつきの一級品です。われわれの用語でいえば筋目がいい。そう、ブエノスアイレスの出なんです」

サントの解説によれば、爪《つめ》をきれいに切りそろえたあの男は、アルゼンチンの首都ブエノスアイレスにあるジゴロ学校で徹底して仕込まれたのだという。そこは入学を希望するものを厳しくえり分け、しこたま授業料を搾《しぼ》り取るらしい。だが、教養、身のこなし、声のトーン、そして照準にひとたび収めた獲物を仕留めるスナイパーとしてのテクニックをしっかりと叩《たた》き込む。

「そんなプロなら連れの女から瞳をそらさないのも頷けるな」

サントの眼の奥には妖《あや》しい光が湛《たた》えられていた。

それからというもの、食後酒のひとときは、きまってサントの諜報《ちょうほう》報告の時間になった。それなりに物入りなのだが、その調査内容の魅力には抗《あらが》いがたいものがあった。

「あのおふたりは、ロンドンから十一個のトランクを携えてお着きになりました。

ご婦人はイギリス人、お相手はご存知の通り。でも、きれいなブリティッシュ・イングリッシュを話します。パスポートは一応ヴェネゼーラですが、男の国籍はわかりかねます。まあスーツと同じでいかようにも取り替えがききますから」

サントは、じつに有能な私設秘密諜報員だった。プロフェッショナルたちは、ひと夏で何十万ユーロという報酬を手にするらしい。

「わたしは、夏の間は、このフィエゾレ、冬になるとサンモリッツのスキーリゾートでギャルソンをしております。ですから彼らの生態については、ひととおりのことは承知しております。彼らの名誉のために申しあげますが、あれほどの人々は、決して金で雇われたりはいたしません」

ひと夏の恋。そう、第一級のジゴロは、名うてのスナイパー同様に、金で動いたりはしない。ヨーロッパの都会で偶然出会い、ひと夏の恋を淑女とともに過ごす。そして秋風が立つころには静かに姿を消すという。

そんな彼らに莫大《ばくだい》な資産を持つ淑女たちは目もくらむような贈り物をするのだろう。すべては、男がその女性の心をどれほどしっかりとつかむかにかかっている。

「お気づきでしたか。ジゴロのお相手は、なかなかの美形でしたが、イギリスの貴族じゃありません」

シシリーの山猫の見立てはまことに鋭かった。

「そりゃ、足もとでございますよ。あのご婦人はストッキングをはいていました。この季節、身分の高いご婦人は堂々と素足でやってくるものです」

ジゴロは女の瞳から決して視線をそらしてはならない。だが、ひと夏の恋人の人生すべてを覗き込んではいけないらしい。

「鉄の胃」宰相

ボン

スープがなみなみとそそがれた皿が目の前を通り過ぎていった。西洋松茸《まつたけ》と呼ばれる「シュタインピルツ」のかぐわしい香りがあたりに漂う。常の客ならその香りを存分に楽しむのだが、隣席の巨漢は、スプーンに手をのばすや瞬《また》く間に平らげてしまった。

つづいてモッツァレラ・チーズの前菜とパスタ、それにリゾットが相次いで運ばれてきた。これらの皿もあっという間に空になってしまう。メイン・ディッシュは家鴨《あひる》のローストのオレンジソースがけ、これにグリーンサラダの大盛りが添えられていた。だが当の本人は最後に出された特大のティラミスまで悠然と胃に収めてニコニコしている。マラソンランナーなら三十キロ地点にさしかかったところだろうか。まだ余力を残している。

ボンがまだドイツの暫定《ざんてい》首都だったころの話だ。街なかのイタリア料理店「サッセーラ」でこの巨漢と隣りあわせのテーブルに案内された。そして、すさまじいばかりの食欲を目撃することになったのである。

彼こそは、ミッテル・オイロッパに君臨したドイツの宰相ヘルムート・コールだった。百三十キロを誇る巨漢は、『ドイツ・グルメの旅』と題する料理本をハネローレ夫人と出版したほどの食通でもあった。夫妻のお薦めはもちろん「ザウマーゲン」だ。郷里ラインラント・プファルツ州に伝わる名物料理である。

コール夫妻は、各国の首脳を郷里の自宅に招くと、きまって「ザウマーゲン」をメニューに加え歓待する。雌豚の胃にラードをたっぷりと利《き》かせた詰め物料理。見るからに高血圧と肥満を奨励するような「メタボリック・シンドローム・フード」

である。百戦錬磨の首脳たちも、コール風ホスピタリティには恐慌《きょうこう》をきたしたらしい。

「あの脂《あぶら》が詰まった雌豚の胃を食べるくらいなら、次の選挙に負けたほうがよほどましというものですな」

欧州首脳のなかには「ザウマーゲン」怖さに、アジア歴訪の日程を急ぎ組んでコール夫妻の招宴から逃げ出した者もいるほどだった。

ナポリ・サミットでの晩餐《ばんさん》を受けつけず吐いてしまった「お茶漬けの国」の首相などコール家の客人は到底つとまらない。ゴルバチョフ、サッチャー、ミッテラン。いずれも、お国のために微笑を浮かべつつ、雌豚の胃を呑《の》み込んだ剛の者たちだった。

コールはしばしば「現代の鉄血宰相」に擬せられた。だが「鉄の胃宰相」の名こそふさわしい。もっともヘルムート・コールとて人の子だ。百九十センチの長身とはいえ、百三十キロの体重は心臓にかなりの負担となる。辛辣《しんらつ》な筆致で知られるイギリスのある政治コラムニストは「ヨーロピアン」紙でこう警告した。

「コールのコレステロール指数は、欧州全域の利益に深く関わっている。通貨統合が成るか否《いな》かは、彼の意志と健康にかかっているからだ。コールに正しいダイエットを施すことは欧州の責務だといわなければならない」

皮肉まじりの助言に従ったのかどうかは定かでないが、宰相は夏になるときまってオーストリアの保養地に出かけた。そして、ダイエットの専門医について体重を十五キロほど減らす日程を組むのだった。そればかりか物心両面の支援をボンから敢行して当選ラインにようやく引きあげた、盟友ロシアのエリツィン大統領にも心臓病の悪化を防ぐため減量を熱心に勧めたという。だが本人は毎年アルプスの山からおりてくるや猛然と食べはじめ、たちまち百三十キロに戻ってしまう。宰相コールの体重はかくして規則正しい振幅を繰り返してきたのである。この間にコールは、常識破りの対等な通貨同盟を東ドイツと進め、ドイツ統一の偉業を成し遂げてしまった。

だが祖国統一と通貨統一を共に果たしたこの男ほど、終始低い評価しか受けなかった政治家も珍しい。ドイツ保守政界の大立者にして右派の重鎮だったシュトラウスのコール評はいまも語り草になっている。

「ヘルムート・コールは断じて宰相の座には就けない。九十歳になったら、彼は回顧録の筆を執るだろう。『首相候補としての四十年――ほろ苦い時代からの教訓と経験』と題して。終章はシベリアかどこかで書かれることになるはずだ」

保守勢力の首相候補の座を争った宿敵だけがコールを見下していたわけではない。当時、内外のメディアはシュミット首相の知性に賛辞を惜しまず、野党党首だったコールを「指導力がない」とこきおろしていた。コールに対する見立ては、政権の座に就いた後も、そして東西ドイツの統一という大事業を成し遂げた後もさして変わらなかった。政治家の品定めほどむずかしいものはない。コールが「思索するひと」でなく、「行動するひと」だったからだろう。

たしかにコールの演説は冗長で退屈、加えて凡庸そのものだった。ドイツの宰相はクリスマスに恒例のスピーチを行う。事前にテレビ・スタジオで収録しておき、各放送局はクリスマス・イブにそれぞれ放送する。ところが公共放送局のひとつが誤って前の年の演説テープをファイルから取りだし、流してしまった。前代未聞の放送事故をやらかしたのだ。ところが視聴者からはなんの苦情も寄せられなかった。それほどにコール演説は変わり映えがしない代物《しろもの》だった。

貧相な修辞にもかかわらず重大な内容が語られることが稀《まれ》にある。ドイツの統一に向けて、東西ドイツが対等のレートで共通の通貨「マルク」を持つことを宣言した「ベルリン演説」。さらにはヨーロッパの通貨統合を目指して一歩も退《ひ》かない決意を示した「黒い森のスピーチ」などがみなそうだった。

「成長と雇用のためのプログラム」と題する演説を連邦議会で聴いたことがある。宰相コールは、世界一少ない労働時間で高い賃金と充実した福祉を享受《きょうじゅ》する幸せな時代は過ぎ去ったとドイツ国民に告げた。これほどの手厚い保護を納税者に提供しながら、国際市場で厳しい経済競争に耐え抜くことなどもはやかなわないと言い放った。公務員の賃金を凍結し、福祉のありかたを見直し、財政赤字の削減に大ナタを振るうと国民に宣告したのだった。

戦後ドイツは、アメリカ型の資本主義とは明確な一線を画してきた。ひとびとが等しく潤《うるお》う「社会的市場経済」を標榜《ひょうぼう》し、ドイツ社会の平等を必ず実現すると約束してきたのである。

コールは、そんな戦後のドイツ社会との訣別《けつべつ》をきっぱりと宣言した。歴史的な演説を終えた宰相は、例によって議場の最前列でポテト・チップスをむしゃむしゃと頬ばっていた。

マリガン大統領

マーサズ・ヴィンヤード

樹齢が百年を超えようという樅《もみ》の巨木が聳《そび》える丘。その頂《いただき》に人だかりがしている。望遠レンズ付きカメラを構えたひと。双眼鏡を覗《のぞ》き込むひと。ハンバーガーをパクついて背のびしているひと。間もなく姿を見せるゴルフプレーヤーを待ちかまえている「マリガン・ウォッチャー」と呼ばれる一団だ。彼らの標的は現職のアメリカ大統領だった。

マリガンとは、仲間うちのプレーでティー・ショットを何度も打ち直すことをいう。ゴルフ用語の一種である。むろん公式試合では認められない。マナーにうるさいゴルファーならふだんのラウンドでも打ち直しなど決してしない。

ボストンの南から大西洋に腕を曲げるように突き出たケープコッド半島。その沖合にマーサズ・ヴィンヤード島が浮かんでいる。フェリーで三十分ほどの行程だ。島にはその名のとおり、マーサおばさんのブドウ園があったらしい。島を貫くメインストリートの両側には、ヴィクトリア風のサマーハウスが軒を連ねている。いまではニューイングランドを代表する避暑地になっている。

その年、クリントン大統領はヒラリー夫人とひとり娘のチェルシーちゃんを伴ってひと夏をこの地で過ごしていた。ヒラリー夫人はニューヨーク州から上院議員選挙に駒《こま》をすすめようとしていた。観光客のなかにも選挙民がいるかもしれない。彼女はこれ以上はないといった笑顔を振りまいていた。一方、第四十二代大統領に三選はもはやない。ひたすらゴルフ三昧《ざんまい》を決めこんでいた。無類のゴルフ好きなのである。

そんな休暇にもホワイトハウス担当の記者団はぴったりと寄り添って離れようと

しない。地元の小学校から教室を借りて小ぶりなプレスルームとし、大統領の動静を刻一刻伝えている。同行が許される場所ならカメラクルーを引き連れてどこにでもついていく。だが、マーサズ・ヴィンヤードのゴルフ場ではティー・ショットしか取材を許されない。そのかわり大統領がプレーを終えると報道官がその日のスコアを記者団に伝える申し合わせになっていた。

「きょうのボスは凄《すご》かった。十八ホールで79を記録した。生涯のベストスコアを出したそうだ」

この発表にホワイトハウスの記者団からはざわめきが巻き起こった。ゴルフ好きの大統領がまた腕をあげたと感嘆したのではない。クリントン大統領はティー・グラウンドでショットを大きく曲げて打ち直しをしたはずだ。皆その現場を目撃していた。にもかかわらず、どうして80を切ることなどできるというのか。

「大統領はマリガンをやってスコアをごまかしているのではないか」

こんな疑問を記事にするメディアも現れた。モニカ・ルインスキー事件が明るみに出るのはそれからあとのことだったが、アーカンソー出身の大統領身辺にはとかく噂《うわさ》が絶えなかった。

われらがアメリカ大統領は正直者なのか。良心に従ってゴルフのスコアを正しく申告しているのか。大統領を監視する「マリガン・ウォッチャー」が現地に現れる騒ぎになった。

九ホールを二度回るという小さなゴルフ場を管理するコース・マスターと話し込んだことがある。それとなく大統領のマナーについて尋ねてみた。彼は「どうもなあ」と表情を曇らせてぽつりと漏らした。

「かなりのゴルフ狂だよ。腕も決してわるくない。だが時間ばかりかかってコースは大渋滞、大統領が来る日は大変だよ」

そこでしばし黙り込んだ。さすがに年輩のアメリカ人らしく、いやしくも大統領職にある人物を悪《あ》し様《ざま》には言いたくないらしい。やがて意を決したようにこう話してくれた。

「現職の大統領なんだから、まあ、時間がかかるのはいい。だが、マリガンだけはいけない、マリガンは」

クリントン大統領は、自分の打った球が思いどおりに飛ばなければ何度でも打ち直すのである。打球が深いラフにつかまったときこそ、ひとり恬淡《てんたん》とプレーをやり抜く。誰も見ていないからこそ正直にスコアを申告する。それゆえゴルフは紳士のスポーツといわれるのである。マリガンを重ねてスコアを改竄《かいざん》するなどゴルファーの品格を問われかねない。

ティー・グラウンドですぐさまふたつ目のボールを取り出す。そんな所作はどこかクリントンの政治手法を連想させる。たしかに外交政策をみるといかにもマリガン的といった感じがする。対中国政策では民主党政権のお家芸である人権外交を振りかざす。だが、老獪《ろうかい》な北京《ペキン》には通用しないとみるや、すかさず宥和《ゆうわ》策に転じている。「三つのノー」を約束して中国側の歓心を買ったのはその典型だろう。すなわち、台湾の独立を支持しない。国連など国際機関への参加を支持しない。「一中一台」あるいは「二つの中国」を支持しない。北京に傾斜した新政策に中国は喜んだが、歴代政権の苦心の対中、対台湾政策は台無しになってしまった。

対日通商交渉では数値目標を持ち出したと思えば景気が上向くとさっさと方向転換する。国連重視の政策を打ち出したものの平和創出活動が各地で挫折《ざせつ》するとあっさり方針を翻《ひるがえ》す。クリントン政治の軌跡をたどってみればさながら「マリガンの葬列」といっていい。

アメリカ外交はときに過剰なまでに国際正義を振りかざす。ヨーロッパの䕺《ろう》たけた政治家たちの眼には、アメリカの対外政策は原則に固執するあまり硬直したものになりがちだと映る。民族自決主義を主張したウィルソン流の外交がその典型だった。ジョージ・ケナンが指摘した「機械工のような外交」も困りものだが、その対極にあるクリントン流も無原則にすぎて信頼感に乏しい。

アメリカは、独立してこのかた自由と民主主義の理念を高く掲げて、丘のうえに燦然《さんぜん》と輝いてきた。そして二度にわたる世界大戦とそれに続く冷戦を勝ち抜いた。それゆえ二十世紀は「アメリカの世紀」と呼ばれたのだった。だが冷戦の幕がおりてみると、合衆国を率いていた指導者は、大衆に追随するポピュリストに堕してはいまいか。冷戦後の世界にとっての真の危険は、アメリカの力の衰えではない。アメリカの理念が輝きを喪《うしな》うことなのだ。

アメリカ大統領を選ぶシステムは、あまりに長く、あまりに過酷である。それはしばしば「アメリカン・マラソン」に喩《たと》えられる。優れて民主的な制度なのだが、ときに崇高な理念を摩滅させる毒を孕《はら》んでいる。メディアの眼が届かない場面では、

ついマリガンに手を出してしまう要領のいい指導者でなければ生き残れない危険をうちに抱えている

さまよえるヒーローたち

オリンピック半島

クイナルト谷は氷河の爪痕《つめあと》である。

太古の時代、氷の塊は太平洋に向けて移動しながら大地を削りとっていった。やがてそこに深い渓谷が出現した。アメリカ北部に沿って流れるアラスカ環流が運んでくる、湿り気を帯びた暖かな風がこの一帯に吹きつけている。クイナルトの渓谷はこの湿潤な大気をいっぱいに吸い込んで霧と雨を呼び寄せた。こうした自然環境が鬱蒼《うっそう》とした樹海をこの地に創《つく》り出したのである。

樹齢が数百年に達するトウヒの木肌にはコケが群生し、枝に垂れさがるカズラは緑の帳《とばり》を幾重にも現出させた。巨木群を縫って流れる渓流は真っ青なクイナルト湖に注ぎ込む。幻の湖と呼ばれるその水面は陽に映えるとエメラルド色に輝き、満々と水を湛《たた》えている。だが、雲間から陽光が差して湖面が輝くのは一瞬のことだ。驟《しゅう》雨《う》がたちまち森と湖を覆《おお》ってしまう。

温帯雨林を歩いていると、幻想の都マナウスに通じるアマゾンの密林をさまよっているような錯覚にとらわれてしまう。それほどにこの渓谷はみずみずしくて豊饒《ほうじょう》なのだ。だが、ここはサハリンと同じ北緯五十度に近い北米大陸の西端、オリンピック半島である。

半島の付け根に位置するオリンピアで、シングル・スカルの漕《こ》ぎ手、アンディ・ウィンディン君の結婚式があった。陸地に深く切れ込んだ入り江に臨むアンディの実家に招かれた。

「わたしはまだ幼かったアンディをカヌーに乗せてあの入り江に漕ぎ出し、サケの大物を仕留めたものです。釣りあげたサケをふるさとに帰してやろうよ、と言ってきかない、アンディはそんな少年でした」

壁には、オリンピック半島の澄明《ちょうめい》な自然を描いた水彩画が掛かっている。アンディの父が筆を執ったものだという。アンディを心優しい青年に育てあげたことが誇らしげだった。

生涯の友人を求めるならシングル・スカルの選手に限る――こんな格言がある。一年の練習量は五百時間を超える。しかも、その練習ときたら、オールを手にしたまま意識を喪《うしな》ってしまうほどにつらい。それでいて一年を通じた試合時間はわずかに二時間足らず。オリンピックでゴールドメダルの栄誉に輝いてもメディアは関心を払おうとしない。シングル・スカルは、あまりに報われることの少ない孤独な競技なのである。

こんなスポーツに打ち込む男たちなら、さぞかし実があるはずだ。そのうえちょっぴり変わった奴《やつ》も多い。生涯の友として信頼でき、退屈しまい。稀代《きたい》のノンフィクション作家、デビッド・ハルバースタムも自己との戦いに挑むシングル・スカルの選手たちによほど心惹《ひ》かれたのだろう。『アマチュア』と題する魅力的なルポルタージュをものしている。

アンディもスタンフォード大学の四年間を緋のうえで過ごした〝スカル野郎〟だった。卒業後は、四国の国立医科大学で英語教師をしながら学資を貯《た》め、やがてハーヴァード大学のロー・スクールとフレッチャー外交大学院に二重在籍した。そしてこのふたつの最難関校を同時に卒業し、ワシントンとニューヨークの弁護士資格をとった。こんな離れ業はどうすれば叶《かな》うのだろう。

「日本風のライスカレーが食べたいのですが」

アンディはケンブリッジのわが家にときおりやってきた。この茫洋《ぼうよう》とした青年は、さして気負った風もなく、ふたつの大学院の授業と試験を悠々とこなしていった。われわれの研究所が主催する「安全保障プロジェクト」にもすすんで加わってくれた。作業が深夜に及び、誰もが疲労の色を濃くするころから、アンディは悠然とピッチをあげはじめる。いらいらした表情も見せず、機嫌よく作業を続ける。それでいて、体力や知力を決して見せびらかしたりはしない。鍛え抜かれた選良のなんたるかを垣間見《かいまみ》た一瞬だった。こうした若者を数多く擁する国をスーパーパワーと呼ぶのだろう。

その後、アンディはニューヨークの有力弁護士事務所から提示された十万ドルの年収には眼もくれず財務省入りする。そしてわずかの報酬で議会との錯綜《さくそう》したやりとりに深夜まで励んだ。その後ワシントン州最高裁判事のロー・クラークとなり、膨大な判例を調べあげ、判決の草稿を練る仕事に渾身《こんしん》の力を注いだ。

美しい庭のあるオリンピアの館《やかた》で行われたアンディの披露宴に出た後、山嶺《さんれい》に春の雪をいただくオリンピック半島を訪ねることにした。心を病んだベトナム帰還兵たちが彷徨《さまよ》った森に分け入ってみたかったからだ。彼らの姿をBBC・英国放送協会のドキュメンタリーで見たのはもうずいぶん前のことだ。『さまよえるヒーローたち』と題された秀作だった。

スティーヴ、ブルース、フレッド、ジェイク。

四人は、十代でアメリカ軍に志願した。やがて、戦乱のベトナムに送られる。

「殺《や》られる前に殺れ」

ジャングルの戦場で戦ってみると、この上官の教えが身にしみたという。生き残るためには殺るより他にどんな術《すべ》があったというのだろうか。

だが、日々烈《はげ》しい殺戮《さつりく》を積み重ねていくうちに、彼らの精神には後戻りのきかない化学変化が起きはじめていた。それは獰猛《どうもう》を極めた心の腐蝕《ふしょく》だった。そして、戦場を離れた後も、常に何ものかに怯《おび》え、内側から衝《つ》きあげてくる暴力の衝動に抗《あらが》うことができなくなってしまう。朝、起こしにきた母親の手が自分の足に触れる。その瞬間にベッドから母親に飛びかかってとっさに首を絞め殺そうとする。そんな自分自身に恐れおののき、ついには人々との交わりをいっさい絶ってしまう。

彼らはここオリンピック半島の森の奥深くに逃げ込んだ。心に傷を負ったベトナム帰還兵が、大自然に浸って魂の救済を求める。ＢＢＣのカメラ・クルーは、森の懐《ふところ》深くに身を潜めて暮らすスティーヴ、ブルース、フレッド、ジェイクの四人の心を少しずつ開かせていく。そして、木こりをしながら日々の暮らしをたてている「さまよえるヒーローたち」を淡々と撮りつづける。こうしてテレビ・ドキュメンタリーに新たな地平を開いたのだった。

だが、優れたドキュメンタリー作品もすべてを伝えることはできない。テレビの画面を見ていただけでは、彼らがいったいなぜオリンピック半島を終《つい》の棲家《すみか》に選んだのかが分からなかった。

現地を訪れてみて四人のヒーローたちがどうしてこの森を目指したのかが得心できた。オリンピック半島に広がる風土に解が隠されていた。太古のままの森に身を浸していると魂が癒《いや》されるのだ。

巨木が風で倒れればそのままに朽ち果てる。太い幹は大地のしとねに抱かれて土に同化してゆく。そしてそれを滋養に樹木たちが新たな生命を芽吹く。輪廻《りんね》が太古から延々と繰り返される大自然の営みにくらべれば、人工の薬の治癒力など何ほどでもない。全てを圧倒する野性がなければ、病んだ精神を貫く力がない。ベトナム帰還兵たちは、その研ぎ澄まされた感性でそれを悟ったのだろう。

「オリンピック半島には千人を超えるベトナム帰還兵が潜んでいる。彼らは社会との交わりを拒んで自活している」

BBCのカメラ・クルーは、「国内亡命の兵隊」と呼ばれたベトナム帰還兵たちに一歩また一歩と近づいていった。ベトナムの戦火はやんだが、ヒーローたちの心は閉ざされたままだった。気の遠くなるような対話の果てに、四人の元兵士はようやく心を少しだけ開き、撮影に「うん」と言ったのだった。

テレビ・メディアはときに活字メディアをはるかに凌《しの》ぐ鮮烈な起爆力を持つ。事柄の核心を誰よりも的確に照射して本質を鋭く抉《えぐ》り出してみせる。だが、日本ではその可能性を自ら扼殺《やくさつ》してはいないだろうか。視聴者は単純な切り口をこそ喜ぶはず。そんな傲慢《ごうまん》な思いあがりが、送り手の側にありはしないだろうか。その果てに受け手の側もテレビ・メディアにもはや多くを期待することをやめてしまったようにみえる。

こうした負の連鎖は、二十世紀にわれわれが手にした映像メディアを疲弊させ、ついには死にいたらしめてしまう。『さまよえるヒーローたち』に描かれた四人のベトナム帰還兵は、テレビ・メディアに絶望するのはまだ早いことをわれわれに語り聞かせている。

ラ・マンチャの男

マドリッド

破風《はふ》づくりの家並みが連なる北ドイツの美しい街ハンブルクから、ひとりの富豪が忽然《こつぜん》と姿を消した。山荘風の屋敷の地下にしつらえた執務室から何者かに連れ去られたのだ。豹《ひょう》が音もなく現れて一瞬のうちに獲物をくわえて去る。そんな鮮やかな手際《てぎわ》だった。屋敷の主《あるじ》は、ドイツの有名タバコ会社のオーナー。やがて富豪の妻に日本円にしておよそ二十億円を支払えという要求が届いた。ドイツ犯罪史上、最高額の身代金《みのしろきん》だ。

誘拐犯との交渉は、地方紙の片隅に載る広告欄を舞台に続けられた。そして誘拐事件の発生から三十三日目、巨額の身代金と引き換えに富豪は釈放された。人質が解き放たれたのを機に、厳重な報道管制が解かれ、ハンブルク事件の速報は世界を駆けめぐった。若くして隠棲《いんせい》し、ナチス・ドイツの戦争犯罪を調べあげて追及する「タバコ王」。その特異な私生活がメディアの好奇心をそそり、事件は連日さまざまに報じられた。

そんなさなか、ボン郊外のペヒの森に住む私の家に意外な電子メールが舞い込んだ。

「ハンブルクの知人が誘拐されたと知って驚いている。じつは彼と僕はタバコ会社を共同で経営していたことがあった。ビジネス・パートナーだったのです。彼の身にいったい何が起こったのだろう。詳しく知らせてほしい」

発信人はニューイングランドの大学町ケンブリッジに住むスペイン人の友人だった。早速、たったひとりに宛《あ》てたニュース記事を送信した。

「親愛なるディエゴ・ヒダルゴ。誘拐された人物が、あなたとタバコ会社を共同で経営していたとは。ディエゴも身辺の警護はおさおさ怠りなきように。もっともディエゴなら誘拐犯の眼には留まりにくいと思いますが、気をつけるにこしたことはありません」

ふたりはともに祖父母からタバコ会社の株式を引き継いだ。だが、その後の人生の軌跡は交わらない。ディエゴは、時価にして数十億円といわれる株を相続するや、アフリカ支援の財団を設立してそっくり寄付してしまう。当時世界銀行でアフリカを担当しており、飢餓が常態化しつつあったサブ・サハラの実情に心を痛めていたからだろう。「インターナショナル・ヘラルド・トリビューン」紙が「もし、あなたが数十億円をもらったとしたらどうする?」という見出しで、若き日のディエゴの決断を報じている。その顔写真には「私は要らない」というキャプションがついていた。

「ハーヴァード・ビジネス・スクールの同級生を見渡しても、自分ほど商売が下手な者はいない。そんな人間が資産の運用などしてもろくなことにはならない」

現代の「ラ・マンチャの男」とでもいうしかない。この人物とはかつてハーヴァード大学の国際問題研究所で生活を共にした。その年、大学が招聘《しょうへい》したフェローのなかにスペインの名士がいることは耳にしていた。だが、もっともそれらしからぬ人物、それがディエゴだった。よれよれのワイシャツはズボンからはみ出し、ネクタイはポリエステルの安物。見れば上着には小さな虫食いの穴まである。ポケットは不格好に膨れている。机の中身をそっくり詰め込んだとしか思えない。背広はさぞかし名のある仕立屋で誂《あつら》えたのだろうが、いまは見る影もなくくたびれ果てている。スーツが現代の甲冑《かっちゅう》なら、彼はまさしく錆《さ》びついてぼろぼろの古鎧《ふるよろい》をまとったドン・キホーテなのである。

百九十センチの巨軀《きょく》は戦国の世《レ・コンキスタ》ならさぞ立派な偉丈夫に映ったろう。腹も相応に突き出ている。書物をいっぱいに詰めたバックパックを背負って、大学の構内を喘《あえ》ぎながらのし歩く。あるとき、ホット・ドッグをかじりながら「タカウジ、タカウジ」と奇妙な日本語をつぶやくディエゴに出くわした。日本の中世経済史のセミナーからイスラム原理主義の研究会に転戦の途中だった。「足利尊氏《あしかがたかうじ》」の名前を忘れまいと懸命に復唱していたのだ。

「人ハ皆有用ノ用ヲ知リテ、無用ノ用ヲ知ルコトナシ」

現世の利益に照らしてみれば、なんの価値もなさそうな事柄に無私の情熱を注ぐ。

そんなディエゴの存在を知ったなら、かの荘子先生もわが人生の朋友《ほうゆう》をついに得た、と手を差しのべたにちがいない。精神の王国に暮らす貴族とは、かくのごとき者をいうのだろう。

彼が研究室で留守番電話のテープを聞くのに居合わせたことがある。世界各地に住むじつにさまざまな友人、知己たちが、あらゆる相談事を持ち込んでくる。スペイン国王、ファン・カルロス一世陛下もそのひとりだった。ディエゴはカルロス国王がもっとも心を許す親友なのである。

ある日、ケンブリッジのヒダルゴ邸に国王から電話があった。

「I am the king. ディエゴは家にいるだろうか」

対応に出た留守番の老女は少しも騒がずこう応じたという。

「I am the housemaid. ディエゴは留守です」

それほどにふたりは親しい間柄なのである。

かれらが初めて出会ったのは、国王が十一歳、ディエゴが六歳のときだった。マドリッドの貴族の邸宅に集まった子供たちのために「トンブラ」と呼ばれるくじ引きが催された。皇太子は「ＡＢＣゲーム」を引き当てた。一方のディエゴがもらったのは「子供電話セット」だった。皇太子はそれをどうしても欲しかった。それを見咎《みとが》めたディエゴの叔母が叱《しか》りつけた。

「男の子がなんと見苦しい」

それほどにマドリッドの皇太子は無名にして軽い存在だった。

このエピソードはスペイン王家が置かれていた現況をはからずも窺わせている。皇太子カルロスは、ディエゴに出会った十一の歳《とし》に初めて祖国の土を踏んだのである。スペイン革命によって祖国を逐《お》われた王家は、ローマからポルトガルへと流浪《るろう》の旅を続け、帰国の機会を待ちわびていた。

独裁者フランコは王位継承権を持つバルセロナ伯爵《はくしゃく》の入国を許そうとはしなかった。代わって長男のカルロスが側近に伴われて急行「ルシタニア」号でマドリッドへと向かったのだった。フランコは、皇太子を独裁体制の籠《かご》の鳥にしながら「王国」を僭称《せんしょう》した。皇太子とディエゴはともにマドリッド大学の法学部に学ぶのだが、当時のふたりは友人と呼べるような深いつきあいはなかったという。

彼らの間に真の友情が芽生えるには、独裁者の死を待たなければならない。一九七五年、カルロス皇太子は、スペイン国王に即位した。そして、この国を専制の頸《くび》城《き》から解き放った。フランコ総統とカルロス皇太子。一指を触れれば、はらはらと崩れ去ってしまう両者のそんな間柄は、際どい危うさを孕《はら》んでいた。

　だが皇太子はその慎慮をもってフランコ体制にとって代わる日を密《ひそ》かに期していた。皇太子のなかにこれほどの聡明《そうめい》さが宿っていようとは。幼なじみたちもみなその才幹を見過ごしていたという。八一年には軍のクーデターが勃発《ぼっぱつ》し、閣僚、議員全員が人質となる。だが国王カルロスの果断な処置で叛乱《はんらん》軍は鎮圧された。

　ワシントンの世界銀行勤務から、パリでの財団の運営を経て、ディエゴは新聞・出版社の経営者としてマドリッドに戻ってくる。長かった外国生活は、彼にとっても独裁体制を敷く祖国からの亡命生活だったのである。

　国王カルロスは、ある会合で人々の片隅にいるディエゴを見つける。そしてソフィア王妃に叫んだという。

「ああ、ディエゴだ。私がよく話して聞かせた、あのディエゴが帰ってきた」

　彼はたちまち国王の信任篤《あつ》き親友にして、私心なき助言者となる。有力紙「エル・パイス」のオーナーや大学総長までつとめるスペインの名士。カルロス国王はそんな彼に大仕事を委《ゆだ》ねる。老大国が再び国際社会で重きをなし、尊敬を勝ちえる処方箋《しょほうせん》の筆を執るようすすめたのである。

ディエゴは一切を擲《なげう》ってニューイングランドに移り住んだ。そして祖国に覚醒《かくせい》を促す大著『スペインの将来』を書きあげた。無敵艦隊が覆滅され、国運が傾きかけたエスパーニアをたったひとりで救おうとする、あの「奇想驚くべき郷士」ラ・マンチャの男をどこか彷彿《ほうふつ》とさせるではないか。

知りたがり屋のジョージア

六本木けやき坂

　ＢＢＣラジオから流れてくる「特派員報告」を聞きながらお便りしています。クアラルンプールからでしょうか。ジョナサンの低いトーンの、それでいて艶《つや》のある声がなんと心地よく響いてくることでしょう。スティーブン、あなたもＢＢＣの特派員でありながら、同時に英国秘密情報部にもお勤めで、お忙しい毎日をお過ごしのことと思います。どうぞお身体《からだ》にだけはお気をつけください。

ところで、前から気になっていたのですが、BBCのお仲間は、スティーブンが秘密情報部に籍を置いていることをご存知なのかしら。最近、六本木のけやき坂を歩いていて、すれ違いざまにイギリス風の男を見ると、みんな英国秘密情報部員に見えてしまい、どうにも困っています。『ウルトラ・ダラー』のせいです。つまりスティーブン、あなたの責任よ。

堅気のイギリス人と英国秘密情報部員を正しく見分ける法を教えていただける？でなければ、イギリス男とおちおちデートもできません。

それから、あなたのような二重生活者はどんなことに留意して毎日を過ごしているのかも教えてください。最後にもうひとつ。お給料はふたつの勤め先からいただいているのかしら。スティーブン、正直に、率直に答えてちょうだい。

知りたがり屋のジョージアより

インテリジェンス小説『ウルトラ・ダラー』、といっても、本の帯に書かれたコピーでは「これを小説だといっているのは著者たった一人」と揶揄《やゆ》されているのですが――。それはともかく、出版を機に設けた私のオフィシャル・サイト「スティーブンズ・クラブ」に、ある日、「知りたがり屋のジョージア」と名乗る女性から、いまお読みいただいたお便りが届いたのでした。

英国の秘密情報部のインテリジェンス・オフィサーになり代わって「知りたがり屋のジョージア」のプロフィールを推測してみましょう。その文体から推察して、歳《とし》のころは二十七、八歳。六本木ヒルズがある界隈の高層ビルに入居している社に勤め、ときおり「ル・ショコラ」でホット・チョコレートを飲む知的な独身女性、といったところでしょう。さぞかし魅力的な女性に違いない「知りたがり屋のジョージア」に次のような返信を差しあげておきました。

親愛なるジョージア。あなたのチャーミングな人柄を想像しながら、お便りを楽しく拝読しました。それでは、お求めですので、英国秘密情報部員の正しい見分け方について率直にお話ししたく思います。

ジョージア、ポイントはたったひとつ。この男はスティーブンのような、その筋のひとに違いない、あなたがそう直感したとしましょう。残念ながら、彼はまちがいなく堅気のイギリス人です。ジョージア、誤解のなきように。あなたの男の見立てを見下しているのでは決してありません。ロンドンから来た男たちは、秘密情報部員になったその日から、ふつうのひとに見えるよう本能的に振舞っているからなのです。わが『ウルトラ・ダラー』の主人公スティーブンがそうであるように——。

彼らは実に感じがよく、上品で心やさしいひとたちです。そのうえ人の話に耳を傾けるのがとても上手です。ためしに英語で話しかけてごらんなさい。彼らが相手なら、母国語を操っているような気安さで会話を楽しむことができるはずです。

ここまで書いて、それだけの判定法ではとても満足できないわ、もっと踏み込んだインテリジェンスを教えてくださらなければ、というジョージアの声が聞こえてきそうです。そうでなければ「スティーブンズ・クラブ」を脱退するなどという、せっかちはひとまずお控えください。

いいでしょう、もうひとつ、お教えしましょう。もしジョージアが、イギリス男の上着の内側をちらりとでも垣間見る《かいまみ》チャンスがあったらの話ですが——。かなり有効な判定法があります。背広の内側にネームやテーラーの縫込みが見つかれば、その男は秘密情報部員ではありません。

理由は本書の「サヴィル・ロウ三十二番地」をご覧いただければ即座にわかりま

す。聡明なるジョージア、あなたには申しあげるまでもありませんが、スーツの内側にネームがないからといって、その男をその筋のひとと決めつけてはなりませんよ。そう、逆は必ずしも真ならず、なのです。インテリジェンス・ワールドは、深い霧に包まれたロンドンのような世界なのですから。

英国の諜報《ちょうほう》組織は、人材募集の広告を始めたと言ってもまだまだ秘密のベールに覆《おお》われています。アメリカの代表的な諜報機関である「CIA」とくらべてみれば、その違いは明らかです。私はCIAの本拠があるワシントン郊外、ヴァージニア州ラングレーで過ごしたことがあります。巨大な森のなかに鎮座する、あの建物に車で出向くたびに、ハイウェーの脇《わき》に「Central Intelligence Agency」という標識がはっきりと掲げられていました。あの大きな文字だけはどうしてもなじめませんでした。

アメリカ人は、そのビルに「ジョージ・ブッシュ・センター」と命名しています。ちなみに、この「ブッシュ」とは、「サダムの大量破壊兵器の証拠をなんとしても探し出せ」と圧力をかけ、CIAの要員たちと軋轢《あつれき》を引き起こした四十三代大統領のことではありません。かつてCIA長官をつとめた父の四十一代大統領にちなんで名づけられたものです。

「夫はCIAに勤めているのよ」

マックリーンの住宅で催されるパーティでは、無邪気にこう自己紹介するアメリカ女性の顔をまじまじと見てしまったものです。ああ、この国では情報機関に勤めることは正業なのだ。こう、自らに言い聞かせなければなりませんでした。

ジョージアの第二の質問に答えましょう。二重生活の最大の難問は、愛するわが妻にほんとうの仕事を告げるべきか、否《いな》か、なのです。これは僕らのような仕事を選んだ者が直面しなければならない宿命です。

僕は幸い独身ですからその難を免れているのですが。結論から申しあげれば、最終的な判断は各人に委《ゆだ》ねられています。伴侶《はんりょ》がガラス細工のように繊細な神経の持ち主なら、やはり本当のことは告げないほうがいい。わが夫を英国鉄鋼輸出入公団のまじめな勤め人と信じて生涯を過ごした女性を知っています。

その一方で情報部員同士が「偽装結婚」をしているケースもありました。とはいっても、表面上はどことい って変わらない、しごくふつうのカップルでした。はたしてなにが「偽装」なのか。それは『ウルトラ・ダラー』に登場する「偽札《にせさつ》」と

「ホンモノ」の関係を彷彿《ほうふつ》させます。精巧な二種類の百ドル札には、なにひとつ違いはないのですから。

さてジョージア、最後の質問にお答えしましょう。給与はふたつの組織からたしかに受け取っています。妻に身分を明かしていない諜報員は、ひそかに送られてくるもうひとつの報酬は当然ひとりで使ってしまいます。

ただし妻に真の身分を知られている者は、すべてを差し出さなければなりません。ジョージア、もうお気づきでしょう。仲間同士で「偽装結婚」しているケースは、秘密の機関からもふたり分、もし妻もその筋で共働きをしているなら四人分の収入を手にすることが可能です。でも、その気苦労を考えれば、むしろ同情さえ誘ってしまいます。ふたつの職場でそれぞれにきちんと仕事をこなし、家に帰ってはホンモノの夫のように立派に役割を果たさなければなりません。そのうえ、偽装している妻の職場の連中とも上手につきあわなければならないのですから。

親愛なるジョージア、けやき坂の「ル・ショコラ」のテラスであなたをときおり見ているイギリス男がいれば、それはわたくしスティーブンです。遠慮なく声をおかけください。お待ちしています。

マジノ線の春

アルザス

早春の陽光が菜の花畑に降りそそぎ、木々の芽が膨らみはじめる。丘に続く道に陽炎《かげろう》が立ちのぼるアルザスの風景に見とれているうち、車はいつしか田舎道に入りこんでしまった。どうやらドイツ領からフランス領に入ってしまったらしい。いまの独・仏国境には有刺鉄線もなく、検問も行われていない。パスポートの提示を求められることすら稀《まれ》だ。国境をまたぐ小さな間道には検問所の跡さえ見当たらない。

しばらく車を走らせるうち道端に小さな標識を見つけて思わずブレーキを踏んだ。ひとつの遺構へ誘《いざな》う道筋が示されていたからだ。

「マジノ線へ」

その表示に従って車を走らせてみた。やがてコンクリートの塊を地中に呑《の》み込んだ廃墟《はいきょ》の群れが姿を見せた。ドイツとフランスの国境に沿って奇妙なこぶが延々とのびている。これがマジノ・ラインだった。それは国境線が姿を消して久しい、さきほどまでの光景とはあまりにかけ離れたものだった。

巨大なコンクリートの城はうっすらと地表の衣をかぶり、ドイツ領の森のなかからまっすぐにのびてくる道を遮っている。この灰色の塊の内懐《うちぶところ》に巨大な地下都市が建設された。鉄路が縦横に走り、ドイツ陸軍がどこを衝《つ》いても、戦力を移動させて反撃に応じられるよう設計されていた。フランス人の誰もがその守りの堅さを信じた。いや、信じようとした。マジノ・ライン――そこには当時のフランスがドイツに抱いた恐怖心が凝縮されていた。

第一次世界大戦から第二次世界大戦にかけて、ヨーロッパはいかなる戦略環境に置かれていたのだろうか。「戦間期」と呼ばれるヨーロッパに広がっていた光景はまことに奇妙なものだった。

敗戦国ドイツはヴェルサイユ講和体制によって、十分な武装を許されていなかった。独仏を隔てる要衝の地、ラインラントはなお非武装のまま残されていた。ドイツはやがて第一次世界大戦の痛手から徐々に立ち直り、軍事大国として蘇《よみがえ》る気配をみせはじめている——。戦勝国だったフランスの国民はこう信じて、言い知れぬ無力感に苛《さいな》まれていたのである。第一次世界大戦後に次々に誕生した東ヨーロッパの国々もまた、ドイツ復活の足音に怯《おび》えていた。かかる情勢のもとでフランスが採るべき国家戦略は明らかなはずだ。ドイツが東ヨーロッパ諸国を侵した場合には、非武装のラインラントに進軍することを宣言する。このように戦略的攻勢に出ることで東ヨーロッパの国々を背後から支える責務があったはずだった。

こうした情勢のなか、澄明《ちょうめい》な美しさで知られるスイスのマジョーレ湖に浮かぶ豪華な客船上で、フランスのブリアン外相、ドイツのシュトレーゼマン外相、イギリスのチェンバレン外相らが一堂に会した。このロカルノの地でその後の欧州の運命を決めたひとつの合意がまとまった。一九二五年秋のことであった。

地元の教会は、そろって鐘を打ち鳴らし、独仏冷戦に終止符を打つロカルノ条約の成立を祝った。この条約によって独仏の西部国境にはもはや変更を加えないことが約束されたからだ。だが、ドイツは東ヨーロッパ諸国と境を接する東部国境については「変更せず」という言質《げんち》を与えようとしなかった。

フランスは、このロカルノ条約を最終的にロンドンで締結することで、西部国境の安寧をかろうじて保ったのだが、他方で東ヨーロッパ諸国に対する外交的な影響力を喪《うしな》いつつあった。その結果、フランスはますます戦略的守勢を強めていった。フランス政府と統帥部《とうすいぶ》が、国富を傾けて独仏の国境に長大な対独防禦線《ぼうぎょせん》たるマジノ線を築きはじめたのは、ロカルノ条約から二年後のことだった。

だが、いざ第二次世界大戦の火蓋《ひぶた》が切られてみると、ドイツの参謀本部はこの防禦ラインを大きく迂回《うかい》し、ベルギーの森を侵し、フランスの心臓たるパリの都を電撃的に衝き、陥落させてしまった。難攻不落を誇ったマジノ要塞《ようさい》は無用の長城だったのである。

コンクリートの要塞はフランスの安全保障を全《まっと》うすることができなかった。単に作戦上の見通しを誤っていただけではない。マジノ要塞は、戦間期のフランス外交をも深く蝕《むしば》んでいたのである。フランスのような大国は、ヨーロッパ全域の秩序の創造を担《にな》う重い責任を負っていたはずだった。だが、戦間期のフランスはマジノ線に立て籠《こ》もり、自国さえ安全であればいいという消極さの穴倉に逃げこんでしまった。マジノ将軍の名を冠したこの防御線は、フランス外交の戦略指導をも塹壕《ざんごう》に籠もらせたのである。

フランスが自らの国土に閉じ籠もる守勢をとったことで、東部国境を力で変える自由をドイツに与えてしまったのだ。ドイツは、マジノ要塞をフランスの強さではなく、弱さの表れと受け取った。そして後の歴史はベルリンの見立て通りに推移していったのである。

こうした退嬰《たいえい》的な防御戦略の犠牲に供されたのが非力なウサギ、中欧のチェコスロバキアだった。十年の後、ナチス・ドイツによって国土を割譲させられ、戦後はスターリニズムの圧政に投げ込まれる。チェコスロバキアは、戦争と革命の世紀にあって、ふたつの全体主義の獰猛《どうもう》さを身をもって経験しなければならなかった。

それゆえに、チェコは冷戦が終わると、ＮＡＴＯ・北大西洋条約機構への参加を熱望し、NATOの東方拡大の尖兵《せんぺい》となったのである。自由と民主主義を担保する力をアメリカに求めたのだった。

ロシアの政権は、アメリカが冷戦後のヨーロッパに新たな境界線を引くことに強い拒否反応を示してきた。一方で、いまの国力ではNATOの東方への拡大を自力では阻止できないことも承知していた。それゆえに水面下では早々と条件闘争に転じ、NATO側と条約を結んで、西側陣営の意思決定そのものに影響を及ぼそうとしてきた。

両者に妥協が成って境界線が確定すれば、モスクワはNATOから除外された地域をロシアの一種の勢力圏と受け取る虞《おそ》れがある。かつてマジノ線を築いてしまったことが、フランスを内向きの戦略的防禦に向かわせた。これと同じように、NATOの東方への拡大が冷戦の戦勝国だった西側諸国を境界線の内側に籠もらせてしまう惧《おそ》れはないだろうか。

冷戦後の新たな秩序の創造を目指して各国は「外交の交響楽」を奏《かな》でるときだろう。そのとき、指揮棒を握るのは誰だろうか。西側同盟の盟主、アメリカ大統領か。「アメリカなきNATO」を志向するフランス大統領か。それともミッテル・オイロッパの中軸、ドイツの宰相か。欧州はいま冷戦の終焉《しゅうえん》を実りあるものにする真のリーダーシップを競いあっている。

ティーカップを手に

ウエスト・サセックス

「歯が抜けたようなと、お思いでしょう。じつは九年前の秋、この一帯は大嵐《おおあらし》に襲われたのです。ウエスト・サセックスにとっては三百年来の惨事でした。見事な枝ぶりを誇っていたお屋敷の大木は次々に倒壊してしまい、棟続きの教会の屋根も吹き飛ばされました。いま思い出しても、すさまじいばかりの一夜でした」

鉄道の駅に車で出迎えてくれたバトラーの話に耳を傾けているうち、なだらかな丘のうえに聳《そび》えるウィルトン・パークの館《やかた》が姿を現した。十六世紀に建てられて以来、たびたびの災厄を経てなお矍鑠《かくしゃく》としている。このマナー・ハウスは、幾たびかの戦を勝ち抜いてきた老いたる大国の生き様を思い起こさせるものだった。

風雪に耐えてきたこの館は、第二次世界大戦中には、ノルマンディー上陸作戦を練るカナダ軍の司令部となった。その後、館の主《あるじ》はしばしば替わり、いまはイギリス外務省が「ウィルトン・パーク」の名を冠して使っている。ここに各国からさまざまな客人たちを招いて、ゆったりと流れる時のなかで世界情勢について意見を交わす場とした。この日は、そんな会合のひとつに招かれた。会合そのものを公にせず、ひっそり催しているのが好ましい。『たそがれゆく日米同盟』という題名で著書をものしたことが英国当局の眼に留まったのだろう。冷戦の敵を喪《うしな》った日米同盟と東アジア情勢について率直な意見を交わした。

キッシンジャーは大著『外交』のなかで日米同盟の将来をこう予測している。

「冷戦のさなか、ソヴィエト連邦が安全保障への最も大きな脅威だった時代には、日本が遥《はる》か何千マイルも遠いアメリカと同じ外交政策を持つことはさして難しくはなかった。だが、新たな国際秩序のもとでは、じつにさまざまな懸案に立ち向かわなければならないため、あのように誇り高き歴史をもつ国家が、たったひとつの同盟国に頼っている現状を再考せざるを得なくなるのはほぼ確実といっていいだろう」

日米両当局があえて「同盟の再定義」を試みなければならなかったのは、キッシンジャーの指摘が正鵠《せいこく》を射ていた証左である。それだけ東京・ワシントン同盟が脆《もろ》い基盤のうえに立っているからではないのか——。同様の問題意識が英国の戦略家たちを捉《とら》えているのだろう。ロンドンの外交当局者はこう指摘した。

「安全保障同盟は、その名分をどんなに美しい修辞で飾っても、本質は仮想敵の存在を前提にしているはずです。だとすれば『ソ連邦なき日米安保』は存立の基礎条件を欠いているのではありませんか」

バランス・オブ・パワーに立脚した外交の系譜を受け継ぐ英国の戦略家の発言だった。英国は、ときに新興国とも同盟を結び、また、或《あ》るときには劣勢な国家を背後から支えて勢力の均衡に心を配り、海洋国家としての安泰を図ってきた。そんな彼らからすれば、台頭する中国をきっぱりと仮想敵国に見立てておくべきではないのか、と問いただしたいらしい。

だが、日米の安全保障の絆《きずな》が緩みはじめているのは、単に軍事的な脅威だったソ連が崩壊した、という外的な要因だけによるのではない。じつは冷戦期を通じて東京とワシントンの間に伏流していた重大な矛盾が、同盟を内側から少しずつ蝕《むしば》んでいたのだった。

「盟約が成ってすでに半世紀の歳月を経た太平洋同盟は、緩やかに、だが確実にこれまでとは別な道を歩みはじめていると言っていい」

会合ではこう述べて、日米同盟の内部に潜む矛盾について解説を試みた。この前置きは集まった戦略家たちの知的好奇心を刺激したらしい。それまで斜に構えていた彼らがにわかにメモを取りだした。

「日米同盟は勝者と敗者の間に結ばれた盟約です。それゆえ勝者たるアメリカの視点に立てば、外に対してはソ連を封じ込め、内に対しては日本の軍事大国化を阻《はば》むという、矛盾するふたつの戦略意図をひそかに同盟に埋めこんでいたのです。このため日米安保体制は、主権国家としての日本の自立性にくっきりと影を落とすものとなりました。それゆえ、対ソ封じ込めには左翼陣営が、対日封じ込めには右翼陣営が、それぞれに反発して日本国内に反米感情を育《はぐく》んでしまい、その反作用として日米同盟には常に一種の遠心力が働き続けたのでした」

太平洋をはさむ同盟の内部矛盾はこれにとどまらなかった。アメリカはソ連との冷戦に勝利するため、安保政策を経済・通商政策に絡《から》めない「安保・通商のディスリンケージ戦略」を貫こうとつとめてきた。敗戦国であった日本は、こうしたアメリカの対日戦略を巧みに利用して、経済大国への道をひた走っていった。それにつれてアメリカ国内からは、経済強国、日本への反発が次第に募っていった。これに呼応するようにこんどは日本国内で嫌米、離米感情が芽生えはじめる。こうして日米同盟はその内部に軋《きし》みを増していったのである。

にもかかわらず、日米の外交・安保両当局者たちは、あいもかかわらず「冷戦期の唄《うた》」をうたいつづけてはいないだろうか。

「朝鮮半島にはなお冷戦構造がそのまま残っている。ソ連はたしかに崩壊したが、中国大陸では十億をはるかに超える人々が共産主義体制のもとに暮らしている。アジアでは、欧州のように冷戦はいまだに終わっていない。それゆえ日米同盟は、その存在意義を失っていない」

だが、冷戦官僚たちのこうした現状認識からは、明日の同盟への洞察がすっぽりと抜け落ちている。逞《たくま》しい経済力を背景に躍進する中国とどう切り結ぶのか、その展望も示されていない。

東アジアの新しい戦略環境を見据えた独自の戦略構想を生み出せずにいる日本。そんな力の衰えをひそかに自覚しながら対東アジア戦略を描けずにいるアメリカ。そんな日米双方のありようこそが太平洋同盟を揺るがせているのである。

討論の席上で沈黙を守っていた中国の外交官が、アフタヌーン・ティーの折にカップを手にそっと近づいてきた。

「今夜にでもテラスでふたりきりでお話をしたいのですが。なーに、そんなに込みいったことではありません。あなたの日米同盟論が新鮮だったものですから」

なんとも穏やかな物腰だ。その英語は整ったブリティッシュ・イングリッシュだった。

「あなたが、冷戦後の中国をかつてのソ連と見立てて、仮想敵国にと考えられるような旧弊な方でないことは心得ています。将来の日中両国の戦略的な連携の可能性をどう見ておられるのでしょう」

戦略の真空は必ず別の力によって埋められる、と喝破したのはキッシンジャーだった。冷戦の時代、ＴＯＫＹＯにおける戦略指導部の不在は、ＷＡＳＨＩＮＧＴＯＮにとってさして不都合な事態ではなかった。だが、冷たい戦争が遠ざかったいま、戦略なき同盟ほど国家の安全保障に災厄をもたらすものはない。

アメリカン・ゴシック

リトルロック

星条旗を背に、丸眼鏡をかけた黒人掃除婦。

彼女は、右手に箒《ほうき》、左手にはモップを持ってすっくと立っている。額に刻まれた幾重もの皺《しわ》は、それまでの苛烈《かれつ》な人生を映しているのだろう。だが、その眼の奥深くには崇高な光がほとばしっている。神の存在を疑わせるほどの悲惨な現実に耐え抜いた意志の力を感じさせる。そうした内面の輝きが不毛の大地に立つ老木のような風貌《ふうぼう》を生んだのだった。黒人隔離政策の撤廃を求めた「ブラウン判決」を書き下ろした最高裁判事をもたじろがせるほどに威厳に満ちているではないか。

現代アメリカを抉《えぐ》った記念碑的な一枚の写真。この肖像を遺《のこ》したのが写真家ゴードン・パークスだった。だが、パークスを常のフォト・ジャーナリストと呼ぶわけにはいかない。

彼は一九一二年にカンザス州のフォート・スコットに黒人家族の十五番目の子供として生まれた。幼くして母親を喪《うしな》ってホームレスとなり、その後はバスの車掌、食堂車の給仕、バスケットボールのプロ選手、クラブのピアノ弾きと、おびただしい数の職業をこなしてきた。その遍歴の途上で中古品を扱う店のウィンドウにカメラを見つけて手に入れた。二十代半ばのことだった。

パークスが初めてカメラを手にしたとき、彼はすでに成熟したカメラマンだった。フレームを通して迫ってくる社会の現実がなにを意味するのか、その鋭い感性で見抜いていたからだろう。パークスの処女作が冒頭の作品『アメリカン・ゴシック』だった。

彼はその後も生まれ故郷カンザスの虐《しいた》げられた黒人たちの暮らしを撮りつづけた。

過労のあまり放心したような表情をみせる農夫。怒りを滾《たぎ》らせ銃を磨く少年。祈りで魂を癒《いや》す黒人女性。だがパークスの求めに応じて被写体になった黒人家族は白人たちの憎悪《ぞうお》を買い、住む家まで逐《お》われたという。

パークスは写真家にして詩人、小説家、ノンフィクション作家にして作曲家、画家でもあった。そして映画監督にしてコンピュータ・グラフィックスも手がけるクリエーターだった。「現代アメリカのルネッサンス人」。こう呼ばれるのにパークスほどふさわしい人はいまい。

レンズを通して黒人たちを見つめつづけてきたパークス。奴隷《どれい》のいた国、アメリカの底辺から這《は》いあがろうとしている無辜《むこ》の黒人たち。彼は、そうしたアメリカ社会の胎動を、誰よりも早く、正確に察知していたのだった。人間らしく生きたい――。こうした願いを秘めた戦いの号砲が鳴り響こうとするそのとき、多数派の白人たちにむけて次のように問いかけた。

「あなたは永遠に続くかに見える炎熱の夏に物憂《ものう》げだ。その一方で私は、永くつらい飢えた冬に疲れはてている。だが、存外とわれわれは近い地平に立っているのかもしれない」

このパークスの予言には、公民権運動がやがてアメリカ社会を根底から変えていくはずだという確信が漲《みなぎ》っていた。

一九五六年、アーカンソーの州都リトルロックで九人の黒人高校生がくわだてた叛乱《はんらん》は南部諸州に広がっていった。黒人の隔離教育を違憲とした「ブラウン判決」に従って、九人の黒人は白人の高校に転入を希望した。だが白人層の抵抗は激烈を極め、人種間の対立は沸点に達したのだった。

アイゼンハワー大統領もついに軍隊の出動を下命しなければならなかった。黒人の生徒たちが、精鋭第百一空挺《くうてい》師団に守られながら登校するという異例の事態に発展した。デビッド・ハルバースタムはこの生徒たちの凛《りん》とした行動と勇気を『ザ・フィフティーズ』のなかで「リトルロックの九人」と題して描いている。

「彼らは信じ難いほどの精神力と克己心をみせ、右の頬を打たれれば左の頬を、左の頬を打たれれば右の頬をと何度となく頬を差し出した。（中略）もしここでくじけたら、隔離主義者が自分たちの勝利だと意気揚々となってしまう。次に入学してくる者たちは、もっと辛《つら》い目にあうことになるのだと言い聞かせた」（新潮社　金子

宣子訳)

民主党のクリントン大統領は黒人票の圧倒的な支持を受けて再選を果たしている。その大統領が「リトルロックから来た男」なのは決して偶然ではない。

彼がホワイトハウスを去って三年ほど経《た》ったころ、ワシントンからニューヨークに向かうシャトル便に乗りあわせたことがあった。前の便が雷でキャンセルになり、前大統領はひとりロビーで紙コップのコーヒーを飲んでいた。いかにも所在なげだったので話しかけた。大好きな大阪の「北の新地」のことを懐《なつ》かしそうに披露してくれた。人好きがするとは、こういうひとをいうのだろう。えもいわれぬ魅力的な人柄なのである。ために、ゴルフで打ち直しを意味する「マリガン」をやっても、モニカ・ルインスキー事件を起こしても、クリントン人気は少しも衰えなかった。大統領が指定の最前列の席に着くと、それを裏づけるような光景が繰り広げられた。離陸後、二十分が経つのを待ちかねたように、握手をし、Tシャツにサインをもらい、話し込む。そんなひとたちの長い列ができてしまった。八割は黒人。しかもその多くが女性だった。

あなたはリトルロックの九人に続く者たちの味方だ――。人々の眼はそう語りかけていた。たしかに黒人の社会進出は大河のような奔流となってアメリカを変えていった。クリントンというひとはそうした現実を少年のころから肌で感じとり、政治家として成長してきたのだった。同時に、自ら白人の低所得者層の出身である大統領は、黒人層の社会進出で職場や地位を奪われかねない白人貧困層の抑えがたい反感も知り抜いていたはずだ。

法のもとでは何人《なんぴと》も平等でなければならない――アメリカ憲法の理念に忠実でありたいと願いつづけてきた戦後のアメリカ。その大義に殉じてこの国は大量の未熟練労働者を生産システムのなかに迎え入れなければならなかった。それゆえ製品の品質は落ち、輸出競争力は衰えた。敗戦国であったはずの日独両国に経済戦争では完敗した、とさえいわれた時代があった。だが冷戦の終結から歳月を経てもなおアメリカは世界のスーパーパワーでありつづけている。そうした勁《つよ》さをこの国はどこかに秘めている。

ゴードン・パークスの作品が展示されているワシントンD.C.のコーコラン美術館で写真の前にじっと座ったまま動こうとしない白人の少年がいた。こうした光景を温かく、そしていかにも誇らしげに見守る黒人警備員の姿があった。かれらを結ぶしなやかにして緊張を孕《はら》んだ連携こそ、この国を今日のアメリカたらしめているのである。

注文の多い宿

スライゴー

奇妙な手紙が舞い込んだのはアイルランドへ旅立つ直前だった。

「このたびは、わがテンプル・ハウスへ御宿泊の予約を賜り誠にありがとうございます。じつはわが館《やかた》の主人より折り入ってお願いの筋があり、お便りを申し上げた次第でございます。わが館の主人は香りアレルギーにつき、当地に到着される二日前より香水はいうに及ばず、香料を含んだ石鹼《せっけん》やシャンプーそれに整髪料の類《たぐい》もご使用はかたくご遠慮いただきたく存じます。何卒《なにとぞ》、御協力を賜りますよう伏してお願い申しあげます」

早速、ボストン市内の薬局に走り、無香料の石鹼を買いそろえて洗面具をそっくり詰め替えた。そしてシャワールームに駆け込んで、神殿にあがる神官のごとく沐《もく》浴《よく》をし、ダブリン行きの飛行機に乗り込んだのだった。

機内では厚化粧の女性客とみれば身を遠ざけ、移り香を避けようとした。レンタカーに乗ればただちに窓を開け放って自然の風を浴びながら緑なす大地を一路西へ。詩人イェーツが愛したスライゴーをひとまず目指した。

スュリッス森の高原の
岩山ふかい湖に、
木の葉の茂る島がある、
白鷺《しらさぎ》羽根を拡《ひろ》げれば、

まどろむ鼠《ねずみ》の目をさます。

『イェーツ詩集』（思潮社　井村君江訳）より

イェーツがこう詠《うた》ったスュリッスの森を抜け、妖精《ようせい》が湖面を飛びかうといわれるギル湖を見ながら、田舎道をさらに一時間ほどひた走った。やがて、わがテンプル・ハウスはバリーモートの緑の丘に姿を見せた。

それは大英帝国の圧政に屈しなかったケルトの古老を彷彿《ほうふつ》させる堅牢《けんろう》な屋敷だった。牧草地のいただきにどっしりと聳《そび》え立っていた。牧羊犬に守られながら羊五百頭が広大な敷地で草をゆったりとはんでいる。この地では六〇年代までは電気も通じていなかったという。

樫《かし》の木で造られたおおきな扉の前に立って鐘を鳴らす。

「香りの類をかたくご遠慮いただきたく――」

ここにもあの口上を書きつけた黄ばんだ紙が貼《は》られていた。

ほどなくして艶《つや》やかな髪をぴったりとなでつけたバトラーが現れ、彼に導かれて通された部屋で荷をほどいた。客間には天蓋《てんがい》のついたヴィクトリア王朝風のベッドがしつらえてある。ややくすんだ、だが巨大な鏡には、彼方《かなた》に広がる瑠璃色《るりいろ》の湖面が映し出されていた。これほどの屋敷を構えていても現金収入はほとんどないらしく、旅行客に一夜の宿を供しているのである。

陽がようやく傾きかけたころ、階下から晩餐《ばんさん》の始まりを告げる鐘が鳴り響いた。広壮なダイニング・ルームにおりていくと、その夜の二組の泊まり客がすでに席に着いていた。英国のコッツウォルズから来たという品のいい老夫婦とベルファストからの実業家夫妻だった。古風な銀器はよく磨き抜かれ、ウェッジウッドの皿も年輪を加えてテーブルクロスのうえにどっしりと置かれている。メイドたちの所作もいたって優雅であり、時の流れが止まったままわれらが晩餐は粛々と進行していった。

メイン・ディッシュが運ばれてナイフとフォークを手にしようとした瞬間だった。ドアのノブがコトリと音をたてた。ステッキを手に、ハンティング・ベストを身につけた紳士が姿を現した。

「そのまま、そのまま。どうかお楽に」

立ちあがろうとするわれわれを制して、悠然と中央に進みでた。

この人物こそテンプル・ハウスの主《あるじ》、サンディ・パーシヴァル卿《きょう》だった。楕円形《だえん》のテーブルをひとわたりまわって、おごそかにその夜の客と握手を交わしていく。

ダイニングにはえもいわれぬ緊張が走り抜けた。その場に居合わせた全員の視線がパーシヴァル卿の鷲鼻《わしばな》に注がれた。ひときわ大きな鼻腔《びこう》がこころなしか動いたように感じられた。

「いや、完璧《かんぺき》ですな。客人のみなさま方、ご協力に衷心から感謝申しあげる。それぞれに大変なご苦労をおかけした。それにしても香りを完膚なきまでに封じておられる。見事なものだ」

パーシヴァル卿はよほど気分をよくしたのだろう。われわれを一族の特別なコレクションを収めた宝物蔵に案内してくれた。ステッキを手に長い廊下を先導する卿にみなおごそかにつき従った。

宝物蔵にはパーシヴァル一族がかつて東洋の地から貨物船で持ち帰ったというおびただしい磁器が並んでいた。それらはいずれも見慣れぬ形をした磁器の一群だった。

シャンデリアの光を吸い込んだその地肌は、上品だが、どこか怜悧《れいり》でひんやりとした、纏足《てんそく》をした美女を思わせる妖《あや》しい空気を漂わせていた。

「お気づきのようですな、客人。そう、ご賢察のとおり。これらの磁器は、みなオピウムの容器なのです」

匂《にお》いをぴたりと封印してしまった「注文の多い宿」。その主は、阿片《オピウム》の容器を蒐《あつ》めることに情熱を燃やしたパーシヴァル一族の因果が巡りめぐって、いま香りに復《ふく》讐《しゅう》されているのかもしれない。

読者の皆さんへの宿案内

テンプル・ハウスの住所と連絡先を記しておきます。
ただし、パーシヴァル家は
微妙にして深刻な「香問題」を抱えています。
このため予約にあたっては
事前に周到なコミュニケーションをとり、
十分な準備のうえでお出かけになるようお勧めします。
航空機でダブリン空港に到着する場合は、
レンタカーを借りてスライゴーを目指してください。
レンタカーも残り香にご注意あれ。

Temple House
Ballymote, Co. Sligo
Ireland
Fax. 071-9183808

ペルシャ山中の銀翼

テヘラン

日本にあってインテリジェンスはどこか哀《かな》しげな影を宿している。第二次世界大戦の敗色が一段と濃くなっていた東京に、北欧の都ストックホルムから機密電報が打電されてきた。だが、この極秘のインテリジェンスは暗号を解かれて政府と軍の首脳に届けられる前に深い闇《やみ》に葬《ほうむ》られる運命にあった。

「ソ連はドイツの降伏より三カ月を準備期間として、対日参戦する」

このヤルタ密約こそ日本の敗北を決定づけるものだった。それゆえに、当時の陸軍首脳陣は頑《かたく》なに受け入れようとしなかった。第一級の情報に接しても、不吉な将来を予見していれば、烈《はげ》しい拒絶反応を示す。それが日本型官僚機構の生理だった。思わず自己保存の本能に身をまかせてしまい、国家の命運に関わる機密情報さえ恣《し》意《い》的に葬り去ってしまう。諜報《ちょうほう》をめぐる業《ごう》の深さがそこに潜んでいる。

第二次世界大戦を通して小野寺信《おのでらまこと》少将は、帝国陸軍のスウェーデン駐在武官だった。「インテリジェンス・ジェネラル」といわれた小野寺は、ロンドンに本拠を置くポーランドの亡命政府と緊密な関係を築きあげ、連合国側の極秘情報を入手していた。その最大級のインテリジェンスこそ、ヤルタ密約の極東条項だった。

夫である信の意をひそかに受けて、この機密情報を特別暗号に組みあげて大本営に打電したのは、百合子《ゆりこ》夫人だった。彼女にとって暗号電報を組む乱数表は命にもひとしいものだった。外出するときは、この乱数表を帯の内側に納めて肌身から離さなかったという。

だが、大本営がこの電文を受信したという記録はどこにも見当たらない。百合子夫人は、敗戦後半世紀を経てもなお、小野寺夫妻の存在証明ともいえるこの機密電の行方を追いつづけた。しかし、このストックホルム発の機密電に接したという軍の高官は現れなかった。

「軍の中枢《ちゅうすう》にはあの電報を見た人物が必ずいたはずです」

百合子夫人は無念そうな表情を浮かべながら私に語った。巨大な軍事機構の倨傲《きょごう》と戦後も対峙《たいじ》し続けた勁《つよ》さが全身に漲《みなぎ》っていた。その百合子夫人もすでに逝《い》ってしまった。

日本の官僚組織に潜む病弊は、重大情報の意図的な扼殺《やくさつ》にとどまらない。忙しく立ち働くことのみが多とされ、ひとり怜悧《れいり》に事態を観察し分析する者の役割はときに軽視される。この国では流した汗と費やした時間の総量が発言力の大きさを規定する。

だが、インテリジェンスの世界にあっては、流した汗の量や費やした時間が正しい結論を導き出すとは限らない。それゆえ、かつての東西両陣営の情報機関では、その経験則から情報を収集する者と分析する者の役割を峻別《しゅんべつ》してきたのである。賽《さい》の河原から夥《おびただ》しい石を拾い集めてくる者。その一方で、日がな一日、石の表情を眺め、その内に秘められた意味を考える者。この両者を切り離して緊張関係のなかに置いたのだった。

分析の踏み台を直感の脚力で蹴《け》ることのできる者こそ独創的な啓示を得る、と看破したのはかの開高健だった。インテリジェンスを読み解く者が、石をひたすら拾い集めてきた者の努力を思って情に流されれば、たちまち直感の脚力は萎《な》えてしまう。あるときはおのが国の滅亡すら冷たく予言し、あるときは情報の質だけを極限まで重視して、汗の介在を断じて許さない。こうしたインテリジェンスの世界に在っては、ただ非情の原理が鋼《はがね》のごとく支配している。それゆえ、湿潤な日本の精神風土に、酷烈な諜報組織は容易に根づかないのかもしれない。

だが、絶望の地平の彼方《かなた》にも微《かす》かな曙光《しょこう》は兆《きざ》し始めている。エルブールズ山脈の裾《すそ》野に広がるペルシャの都市テヘランの地に、わが諜報組織の戦果が花開いたのは、一九九一年。湾岸戦争の開戦前夜のことであった。この日、イラク空軍の編隊四十数機が突如イラン・イラク国境に姿を見せ、仇敵《きゅうてき》イラン領内の基地に着陸を試みた。日本大使館の情報アンテナが異変の片鱗《へんりん》を捉《とら》えたのはその直後だった。中東の大国イランはかつて戦火を交えたイラクとひそやかな盟約を結んだのか。それとも、単なる空軍将校の集団亡命なのか。斉藤邦彦駐イラン大使に率いられた情報戦士たちは、国家機密の壁に爪《つめ》を立てるようにしてイランの最高首脳の真意に迫っていった。

多国籍軍の盟主アメリカにとって、テヘラン発の斉藤情報は乾き切った砂漠に湧《わ》き出る泉のごとき存在となった。イラン革命のあと、アメリカの情報エージェントはテヘランからの撤収を余儀なくされていたからだ。斉藤情報は無償でワシントンに提供されたわけではない。ジョン・ル・カレは、冷戦の挽歌《ばんか》を歌いあげた『影の巡礼者』のなかで、伝説のスパイマスター、ジョージ・スマイリーに独白させている。

「誰しもそうなのだが、国家も金銭で買うことができるものを信じ、買えないものは疑ってかかる」

同盟国といえども、決して安易に機密情報を投げ与えてはならない。コストをかけずに受け取った情報など、真のインテリジェンスとは受け取らないからだ。情報市場では等価交換が原則だ。アメリカもテヘランから貴重な情報を得るため、日本に多くを吐き出さなければならなかった。

斉藤チームは、イランに翼を休めたイラク空軍機がそこから発進することはないと見立てていた。イランは湾岸戦争の全戦局を通じ中立を守るであろうことを予測して誤らなかった。

何故《なぜ》、イランが大量のイラク軍機を自国の領内に迎え入れたかは必ずしも明らかにしていない。東京の分析官たちは「イランの意図を確定せよ」とテヘランに執拗《しつよう》に訓令しつづけた。しかしながら、斉藤チームは、イランがイラク軍機をどうして迎え入れたのか、その意図を周到に探って、性急な結論を出そうとはしなかった。イランが湾岸の政局に投じた一石には、きわめて複雑な意図がこめられているはずだ、と考えたからだ。明快で筋の通った解釈には常に陥《おと》し穴が潜んでいる。

イランの複雑怪奇な行動に伏流する多義性を精緻《せいち》に分析した斉藤情報は、湾岸戦争の終結後十数年が経《た》った今日もなお、その輝きを失っていない。国家の指導者が欲する情報に安易に迎合しないインテリジェンスには、独自の生命力が宿っている。

静かなる男

ワシントンD.C.

私の手もとに一葉の古ぼけた写真がある。草野球を楽しむ三人が写っている。打者はスクープ・ジャクソン、捕手はジョン・F・ケネディ。審判はマイク・マンスフィールド。なんという豪華な顔ぶれだろう。

キャプションには「一九五三年、撮影」とあるから、三人が揃《そろ》ってアメリカ連邦議会の上院に議席を持っていた頃だ。キャピトル・ヒルのグラウンドで撮ったのだろう。このときから数年の後には、ケネディは第三十五代のアメリカ大統領となってホワイトハウスに入り、マンスフィールドは与党・民主党を率いる上院院内総務となって議会人の頂点に立った。そしてジャクソンは安全保障問題の権威として議会に揺るぎない地位を築き、通商問題に絡《から》めてソ連領内に住むユダヤ人に出国の道を開いたジャクソン・ヴァニック条項にその名をとどめている。

だが、三人の友情は、あの草野球の日からちょうど十年後、突如として終わってしまう。ジョン・F・ケネディがダラスで凶弾に斃《たお》れたからだった。一九六三年十一月二十二日のことであった。

烈風に向かって初冬のハイアニス・ポートの海岸をうつむき加減に歩くジョン・F・ケネディ。毎日のように苦しい決断を迫られる、若き指導者の風貌《ふうぼう》を捉《とら》えた写真に、私は永く魅《ひ》きつけられてきた。ピックス湾上陸作戦の惨《みじ》めな失敗。キューバのミサイル危機で垣間《かいま》見《み》た全面核戦争の深淵《しんえん》。一歩、また一歩と忍び寄るベトナム戦争の影。十全な経験を積まぬまま大統領となり、米ソの核対決に臨まなければならなかった青年政治家。その畏《おそ》れはどれほどのものだったろう。ホワイトハウスの大統領執務室でひとり決断を迫られる、彼の苦悩は何人《なんぴと》をも寄せつけぬほど深かったろう。ケネディ一族をめぐるスキャンダルが次々に暴《あば》かれ、ケネディ神話が崩れ去った後も、志なかばに逝《い》かなければならなかった若き大統領に魅せられた気持ちは変わらない。

ケネディ暗殺の日、マンスフィールド院内総務は、上院の本会議場でひとつのスピーチをするはずだった。だが、ダラスからの悲報がこの演説をも葬《ほうむ》りさってしまった。スピーチの草稿はこの議会指導者の机の奥深くにしまわれたまま忘れ去られていった。

それから三十五年の歳月を経て、幻のスピーチは蘇《よみがえ》った。九十五歳の上院元院内総務がかつての本会議場に現れ、あの日、行うはずだったスピーチを朗々とやってのけたのだった。背筋をすっくと伸ばし、議場の一角を見据えたまま語りつづける信念の男。そんな老議会人の演説にかつての同僚議員が身じろぎもせず聞き入っている。あの暗殺の日も、この演説の日も、上院に議席を持ちつづけていたロバート・バード、エドワード・ケネディ、ダニエル・イノウエ、ストローム・サーモンドの四人の上院議員たちの姿があった。

「日常の些事《さじ》によってではなく、国家と世界に変化をもたらす本質的な課題にいかに立ち向かったか。わが上院は、そのことによってこそ真価が問われなければならない」

ケネディ政権は、人々の輿望《よぼう》を担《にな》い、ニュー・フロンティアの旗を高く掲げて登場した。だが、与党の民主党が圧倒的な多数を誇りながら、議会は容易に法案を成立させようとはせず、若き大統領の理想はなかなか結実しなかった。若い世代を中心に人々は苛立《いらだ》ちを隠さなかった。アメリカよ、前に進めというなら、なぜ上下両院は公民権関連法案を通そうとしないのか、と。そうした険しい視線は、前任の上院院内総務、リンドン・ジョンソンのような辣腕《らつわん》を振るわない議会指導者マンスフィールドに向けられていった。その日のスピーチは、こうした内外の批判に応《こた》える上院院内総務、マンスフィールドの静かなる挑戦状だった。

マンスフィールドは、三十五年ぶりにスピーチを終えると淡々とした歩調で演壇をおり、再び穏やかな日常のなかに還《かえ》っていった。毎朝決まった時間にワシントン郊外の自宅から車を運転して連邦議会にほど近い事務所に入る。そして国務省の担当官、各国の外交官、ジャーナリストらをオフィスに迎えて懇談する。自らコーヒーを淹《い》れて客をもてなし、クッキーまで振舞うのだった。若い世代との対話を通じて、刻々と移り変わる東アジアの動向を追い、世界の動きからひとときも眼を離そうとしなかった。

沖縄返還の密約を扱った『他策ナカリシヲ信ゼムト欲ス』の著者、若泉敬《けい》氏の遺志に従って、同書の英語版をマンスフィールド氏のもとに届けたことがあった。折しもアメリカ軍機がベオグラードの中国大使館を誤って爆破した事件で、ワシントンは騒然とした雰囲気のなかにあった。マンスフィールドもまた、駐日大使として赴任してまもなく、アメリカの原子力潜水艦が日本の漁船に当て逃げした事件に遭遇した。このとき、マンスフィールド駐日大使は、本国の訓令を待たずに日本側に心のこもった謝罪をしている。

この出来事にこと寄せて誤爆事件について尋ねてみた。だが氏は政権批判を口にしなかった。代わりに言葉少なにこう語ったのだった。

「アメリカという国は、冷戦が終焉《しゅうえん》した後も、どの国よりも強大な軍事力を保有しています。それだけに、力の行使にあたっては慎重のうえにも慎重でなければなりません」

盟友だったケネディ大統領が、あのベトナムに軍事介入していくのを諫《いさ》めることができなかった。その自責の念が表情に滲《にじ》んでいたように感じられた。

「アメリカよ、その巨大な軍事力によってではなく、燦然《さんぜん》と輝く自由の理念のゆえに精強たれ」

アイルランド系の移民の子は、モンタナ州の銅鉱山で働きながら学んでいた。その頃、高校の教師をしていたひとりの女性と出会う。彼女こそ後のモーリン夫人である。夫人が自分の保険を解約して学資をつくって正規の教育を受けさせ、ついにマンスフィールドを連邦議会に送ったのだった。あの日のスピーチからほどなく氏は逝く。九十八年の生涯だった。

氏が病床にあって命の灯火が尽きようとしているそのとき、祖国アメリカは、テロとの果てしない戦争に突き進みつつあった。無人の精密兵器の出現が、ベトナム戦争のような犠牲者を出すことなく、戦争を遂行することを容易にした。それゆえ、現代の指導者は安易な力の行使に走ってはいまいか——。アメリカと世界の明日を気にかけながら、稀有《けう》の議会人は多くを語らないまま旅だってしまったように思えてならない。

漆黒の恋人を追いかけていた頃

アトランティック・シティ

銀色に輝く球体は、緩やかな楕円《だえん》の軌道を描いて「13」に吸いこまれていった。ルーレット・テーブルの13の目には、黄色と黒のチップがピサの斜塔のように積みあげられている。ディーラーは、われわれにクールな視線を投げ返し、百ドルチップの山を払い戻した。その瞬間だった。チリン、チリンという呼び鈴が聞こえてきた。黒服のホテルマンがメッセージを書きつけたボードを捧《ささ》げ持って近づいてきた。

「カツミ・ヨシダさまでいらっしゃいますね。日本のお宅に急ぎご連絡をという知らせが届いております。何か緊急の用件のようでございます」

当時はまだ首都ワシントンD.C.からアトランティック・シティへの直行便が就航していた。ギャンブルなき政治の街にいると賭博中枢《とばくちゅうすう》をひりひりと刺激されるらしい。われわれは急に思い立ってアメリカ東海岸最大のカジノ都市に繰り出すことにした。

出発間際《まぎわ》に飛び乗った小型ジェット機には、乗客はたったふたりだった。アトランティック・シティを目指してジェット機が高度を下げていく。おびただしい光の海のなかに、われらが目指す「タージマハール」がひときわ光り輝いていた。巨大な賭場《とば》は、夜の帳《とばり》がおりるとともに、静かな興奮に包まれはじめた。賭《か》け金も少しずつ釣りあがっていった。

吉田善哉《ぜんや》さんの体調に異変があったのでは——。ボードの文字を見やったとき、ふたりの眼はそう言い交わしていた。ワジマやリアルシャダイを所有して「世界の牧場王」として君臨し、「ヨシゼン」と呼ばれたホースマン。

「あんたにだけは言っておくよ。私はもうすぐ死ぬと思うな」

こんな言葉をときおり漏らすことがあった。優れた数学者がそうであるように、このたぐいまれな天分を授かった人物の用語法には特異な飛躍があった。聞き手が補助線を引かなければ真意を探り当てることがむずかしい。

「いま自分が死んでしまえば、一代で築きあげたこのサラブレッド王国もたちまち潰《つい》えてしまう。だからこそ、もうひと勝負しなければ。いま、死ぬわけには、どうしてもいかない」

これが北の大地が突然変異のように生んだ天才ホースマンの真意だったのだろう。息子の勝已さんも、いまおやじに倒れられては、と思っていたはずだ。彼はホテルのスイートルームに駆けあがろうとし、数歩先で急に振り返った。

「ぜんぶを8と13に」

こう言い残して、ギャンブラーたちで埋め尽くされた人の海に分け入っていった。

「8と13の目にチップすべてを」

賭場にはピーンと緊迫した空気が流れる。

ここいちばんの勝負で思いさだめた目を出せない奴《やつ》はこの世界で生きてはいけない――。ディーラーもこうした博打《ばくち》場のさだめは心得ている。

ルーレットの鋼《はがね》の玉を取りあげると、勢いを増して回転する盤上に投げ入れた。銀色の球体は、ひたすら回りつづける。その果てに、ひきつったようなギャラリーの喚声が湧《わ》きあがった。

ヨシゼンさんはきっと生きている――。「8」の目をぴたりと射止めた鋼鉄の球はそう断じている。

ディーラーは、怒りを含んだ表情で、なぜ張りつづけないんだと挑んできた。だが、チップのすべてを引きあげた。一瞬の勝負は終わった。

と、そのときだった。勝巳さんが照れたような笑いを浮かべて戻ってきた。

「もう手がつけられない。カジノで小博打にうつつを抜かしている奴がいるかって、おやじがひどく怒っている」

それはいつものヨシゼンさんだった。

ドバイのシェイク・ムハメド殿下やアイルランドのクールモアなど、世界の名だたる大富豪やサラブレッド企業をむこうにまわして、競走馬の世界で日々でかい大博打を打っているのに、息子どもはカジノなんかで、せこい博打にうつつを抜かすとは——。こめかみに怒りが凝縮し、メガネのメタル・フレームが、小刻みに震えるさまが浮かんでくる。だがつぎの瞬間には、あの柔和な眼差《まなざ》しが交錯する。ギャンブルに大金を張りつづけるくらいの山っ気がなけりゃ、わしのあとは継げないかもしれんな——。

「勝巳にはガーサントの血が流れている」

それは吉田善哉の前半生を華麗に彩《いろど》った名種牡馬《しゅぼば》だった。その産駒《さんく》は気性が烈《はげ》しく、それゆえにレース根性は抜群だった。澱《よど》みきった日本のサラブレッド界に単騎挑んだヨシゼンに天が贈ったサイヤーだった。わが息子をガーサントの在りし日の姿とダブらせて、後事を託そうとしていたのかもしれない。

「おやじがいますぐ西海岸のサンタ・アニタの競馬場に行けと言っている。あのサンデーサイレンスをどんな手段を尽くしてもいい、どうしても手に入れろと言って聞かないんだ。でも、アメリカ・ダービー馬を相手がそうやすやすと手放すとは思えない。まあ、おやじがイレこんでどうにもならないから、とにかく行ってみるよ」

かくして勝巳さんは、サンデーサイレンスの調教師であるチャリー・ウィティングハムさんのもとに駆けつけていった。九〇年一月はじめのことだった。

その後、吉田善哉さんが、オーナー・ブリーダーのアーサー・ハンコック氏と直《じか》談判に及び、この年の三月には、長男の吉田照哉《てるや》さんがアメリカに飛んで四分の一の所有権を獲得する交渉を見事にまとめあげている。その前年、吉田善哉さんは、ブリーダーズ・カップ・クラシックを制したサンデーサイレンスの切れ味をまのあたりにし、この馬をどうしてもわがものにしたい、とひそかな闘志をたぎらせていた。やがてこの青鹿毛《あおかげ》の名馬は、北海道早来《はやきた》のスタリオンステーションにやってきた。大障害をひとつまたひとつと乗り越えていったサンデーサイレンスの完全買収劇。あの日、カジノの小博打にむけられた「ヨシゼンさんの怒り」は、この名馬を手に入れようとして、しゃにむに爆走する一族の原動力になったのかもしれない。

ワシントンから帰任してしばらく経《た》ったころのことだった。

「サンデーサイレンスを見に牧場にすぐに来なさい」

善哉さんらしいこんなお誘いがあった。そして、肌を刺す寒さのなか、広大な牧野を自ら先導してくれた。

黒光りする馬体をじっと見つめながら、サラブレッド生産界の天才はぽつりとこう漏らした。

「サンデーサイレンスはねえ、その血統がね、じつにいいんだよ」

だが、その母、ウィシングウェルの牝系《ひんけい》を遡《さかのぼ》っても華麗な名血などどこにも見当たらない。アメリカの競馬メディアは、サンデーサイレンスが、ケンタッキー・ダービーとプリークネス・ステークスの二冠を制してもなお「その血統はアウトサイダー」という評価を変えようとしなかった。すでにノーザンテーストを擁する吉田善哉さんは、偉大な種牡馬ノーザンダンサーの血からできるだけ遠く、それでいて爆発的なエネルギーをうちに秘めた野性の血脈を探し求めていた。

そしてついに漆黒の恋人にめぐりあったのだった。

「サンデーサイレンスさえいてくれれば――」

善哉さんは、もうそのころには、死を口にしなくなっていた。あまりに鋭敏な感性を持つホースマンは、どこかで自分の死をも射程に入れていたのだろう。サンデーサイレンスは、世界の片隅に逼塞《ひっそく》していた日本の競馬界を世界の第一線に躍りださせた。わがサラブレッド王国にいかなる試練が襲いかかろうとも、この種牡馬が息子たちを守ってくれるはずだ——。

その年の夏、不世出のオーナー・ブリーダーは逝《い》ってしまった。八月十三日早朝のことだった。あの日、カジノで賭けたのは奇《く》しくも「8」と「13」だった。

われらが星座からまばゆいばかりの極北の恒星が消えてしまってひさしい。私の日常からドラマが消えていった。人生がちょっぴりつまらなくなった。

だが、ヨシゼンさんは、サンデーサイレンスの血を通して、われわれにあのディープインパクトを遺《のこ》してくれた。

ナラガンセット湾の秋山真之《さねゆき》

ニューポート

ロードアイランド州ニューポートの緑なす丘に、時計台の尖塔《せんとう》をいただく荘重な建物が聳《そび》え立っている。アメリカ統帥部《とうすいぶ》の頭脳として知られる海軍大学である。ここから対日戦争に備えた「オレンジ計画」をはじめ、幾多の長期戦略が生み出されていった。第二代の校長は『海上権力史論』の著者であり、黎明《れいめい》期の日本海軍にも思想的影響を与えたアルフレッド・マハン提督だ。

マハンの名を冠した会議室の窓から望むナラガンセット湾の海面は、春の陽光に映えてキラキラと輝いていた。ここで国際的な危機を想定して「クライシス・シミュレーション」が一週間泊まり込みで行われる。ロバート・ウッド学部長ら海軍大学側の戦略研究の教授がそろってわれわれを迎えてくれた。

ハーヴァード大学の国際問題研究所からは、南アフリカの国連大使、英国、韓国の現役外交官らが招かれ、それぞれの国の国連代表を演じることとなっていた。またロシアは連邦議員、カタールは駐米大使、インドは駐ワシントン公使をそれぞれ送り込んできた。

日本は、ドイツ、インドとともに国連安保理の常任理事国の議席を与えられているという想定だ。だが、拒否権は与えられていない。言わば常任理事国の二級市民なのである。改革された安保理でもなお、核を独占する五大常任理事国が、核を持たない旧敗戦国、日・独のうえに一級市民として君臨している。

まず、北アフリカの大国、アルジェリアでイスラム過激派がクーデターを起こして大がかりな内戦が勃発《ぼっぱつ》したというシナリオで危機の七日間は始まった。

欧米の安保理一級市民たちは、アルジェの戦いの再来に恐慌《きょうこう》をきたしたようだ。この地域に戦火が広がれば、大量の難民が対岸のヨーロッパに押しかけてくる。こうした事態を未然に防ごうと「国連監視部隊」の緊急派遣が提案された。動員される兵員は周辺のアラブ・アフリカ諸国から募り、資金の半ばは日本をはじめアジア諸国に負担させるという。まず、インドの代表が異を唱えた。

「そもそもこの地域の混迷は、かつての植民地支配の負の遺産に根ざしているのではないのか。何故《なぜ》、フランスはその責任を自ら引き受けようとしないのか」

こう詰め寄った。結局、欧米がとりまとめた決議案は「アジア・コーカス」の叛《はん》乱《らん》で葬《ほうむ》り去られてしまう。

こうしたさなか、中東の大国イランからも不穏な情勢が伝えられてきた。イラン政府が、ホルムズ海峡を閉鎖すると突如宣言したのだ。同時に、独自の核開発をあきらめないとする声明を発表して、欧米と対決姿勢を露《あら》わにした。中東の石油資源に巨大な権益を持つ英米両国は、ロシア、フランスを誘って「国連共同艦隊」をペルシャ湾に派遣し、イランを牽制《けんせい》しようと試みる。アメリカは、湾岸戦争時のように自らの主導で多国籍軍を編成するだけの意志も財政力も既に失っている。イランは、こうした欧米側の隙《すき》を衝《つ》くように微妙なクセ球を投げ込んできた。日独両国には、経済協力を条件にホルムズ海峡の通過を認めると発表。西側の分断戦術に打って出た。こうしたなかで中国が「国連共同艦隊」構想を英米の利益だけを図ったものだとして強く反発し、決議案はあえなく潰《つい》えてしまう。

その一方で北東アジアでは北朝鮮が核の力を背景に南北統一に動き出した。三つの国際危機がないまぜになって進行していく。あまりの展開の速さについ疲れを覚えて、ふと窓外のナラガンセット湾を見やった。

そのとき、明治海軍きっての逸材といわれた秋山真之もこの部屋で議論に加わったのではないか、という思いがよぎった。日本海海戦で三十余隻《せき》のバルチック艦隊を完膚なきまでに撃破しながら、勝利は「天佑《てんゆう》」に過ぎないと断じた連合艦隊参謀、秋山真之。「二十閲月ノ征戦已《すで》ニ往事ト過ギ」で始まり「古人曰《いわ》ク勝テ兜《かぶと》ノ緒ヲ締メヨト」で終わる連合艦隊解散の辞には、筆を執った秋山の凜烈《りんれつ》たる志が漲《みなぎ》っている。

ハーヴァード大学に帰ったあと、アジア関係の図書を集めた燕京図書館《イエンチン・ライブラリー》で史料にあたってみた。確かに関連のドキュメントに秋山が日露開戦に五年先立つ一八九九年の春から夏をニューポートで過ごしたとある。若き参謀はアメリカ海軍の進取の気性をわがものにし、同時にその科学的思考を存分に体得したのだろう。アメリカ側も明治期の若き武人の伸びやかな精神に魅せられ、後々まで秋山のエピソードを語り継いでいる。

北方のロシアとどう切り結ぶのか。それは秋山の脳裏を瞬時も離れなかった。命題の重さは、秋山が生きた時代もいまも変わらない。だが、夜明け前の闇《やみ》のなかにあって、稜線《りょうせん》のはるか彼方《かなた》で起きつつある事態に備えて布石を打つ外政家など、いまの日本には見当たらない。かつて秋山真之が体現していた透徹した知と志がこの国から喪《うしな》われて久しい。

少年兵士の眠る丘

ブダペスト

ひさびさのブダペストだった。一九八八年夏にこの国を訪れたときには、ハンガリーはまだ東側陣営の一員だった。たしかに東欧革命の先駆けとなった「民主フォーラム」はもう各地で活動していた。鉄のカーテンを押し開くひそやかな胎動はすでにはじまっていたのだ。それからわずか一年の後、多くの東ドイツ市民がオーストリアとの国境に詰めかけて、西部国境が開放された。そしてハンガリー共産党の一党独裁体制に、ついに幕がおろされたのだった。「ベルリンの壁」を突き崩すきっかけとなったハンガリー革命である。

だが、変革にむけた動きが底流で渦巻いていても、ドナウ川の両岸にひろがるブダペストの街は穏やかな表情を見せていた。嵐《あらし》の前の静寂だった。列車で家族連れと一緒になった。日本の「柿《かき》の種」をバッグから取り出してふたりの少年と分けあって食べた。マジャールの血を感じさせる面立ちの母親が、寂しげに彼らを見守っていた。その光景をいまも鮮やかに憶《おぼ》えている。

「この子らにも、あなたのように自由に世界を旅行させてやることができたら、どんなにか素晴しいだろう」

若者に思いどおりの人生を歩ませてやる。そんなふつうのことがこの政治体制ではかなわない――。ほつれた髪を掻《か》きあげる彼女の表情はこう語りかけていた。あの日の少年たちも、東欧革命の嵐をくぐり抜けて大人になったはずだ。そしていま、この国のどこかで暮らしていることだろう。

こんどの旅ではなんとしても訪ねてみたい――。そう心に決めていた場所があった。ブダペストの街外れにあるコズマ公共墓地だ。地図を頼りにようやくたどり着いたときには、日がとっぷりと暮れていた。おおきな鉄製の門はすでに閉じられている。

「五六年動乱の犠牲者を追悼する墓地にいってみたいのですが」

頬に深い皺《しわ》が刻まれた墓の管理人をじっと見つめた。彼は無言で頷《うなず》くと、錆《さ》びた扉を少しだけ開けてくれた。ギーという音が黄昏《たそがれ》の空間に響きわたった。ささやかなお礼を渡そうとした。だが老管理人は首を横に振った。あの戦いで逝《い》った者たちの魂を慰めてやってくだされればそれでいい——鳶色《とびいろ》の眼はそう語りかけていた。広大な墓苑《ぼえん》の一隅に目指す墓石が連なっていた。どの墓も真新しい。東欧革命のあとに造られたからなのだ。ハンガリー動乱の日から、遺族たちが花を手向けることがかなうまで、じつに三十余年もの歳月を耐えなければならなかったことになる。

一九五六年の秋。ハンガリーのナジ政権は、ワルシャワ条約機構からの離脱を宣言した。クレムリンはそんなナジ政権を武力で踏みつぶしてやると、重戦車を先頭に二十万ものソ連軍をブダペストに差し向けた。全体主義の支配に蜂起《ほうき》せよ。ハンガリー人民のためにナジ政権を守りぬけ。ブダペスト市民たちは手製の火炎瓶でモスクワの戦車に立ちむかっていった。立ちあがった人々の抵抗はしばし続いた。だが、ブダペストの戦士たちはやがて銃弾に斃《たお》れていく。

ハンガリー動乱に加わった抵抗派は次々に捕えられ、軍事法廷に送られていった。そして、かたちばかりの裁判を受けたのち、死刑を宣告された。墓碑銘にはそんな彼らの名前が刻まれている。

「マンフレッド・ペーター」

彼も抵抗派のひとりだった。享年《きょうねん》十八。一九五九年三月二十一日没。蜂起のときにはわずかに十五歳だった。そのあまりの若さに息を呑《の》む。全体主義という名の支配は、ペーター少年が十八歳になるのを待って処刑台に送ったのだった。彼は電気椅子《いす》に座る日までスターリニズムへの抵抗をやめなかった。自らの信念に忠実であること、当時の彼らにとって、それは即《すなわ》ち死を意味したのだった。

ブダペストの街のそこかしこには、ハンガリー動乱で逝った人々を悼《いた》む碑が建てられている。放送局の周辺にはとりわけ多く、壁の弾痕《だんこん》はいまも生々しい。ラジオ局こそ攻防の拠点だった。民衆への呼びかけの手段を失うことは抵抗がやんだことを意味したからだ。

西側陣営も「ヴォイス・オブ・アメリカ」や「自由ヨーロッパ」などの短波ラジ

オ放送を通じて反モスクワ派に徹底抗戦を呼びかけ続けた。

「アメリカ軍がまもなくあなた方を助けるために必ず駆けつけます。いましばらくの辛抱です。前線でしばし抵抗を続けてください。われわれはかならず駆けつけます」

映画監督のフェレンツ・コーシャさんは当時十九歳だった。粗末な受信機でこんな呼びかけを幾度となく聞いたという。だが、アメリカもどの西欧諸国もついにやってこなかった。ハンガリーの人々を蜂起させながら一兵も動かさなかったのである。時を同じくして勃発《ぼっぱつ》したスエズ動乱で、なんとも身動きがとれずにいる――それが大国の言いわけだった。

「あの日の体験から、ソ連に対してだけでなく、アメリカへの不信も拭《ぬぐ》いがたいものになった。私の体内には、大国への不信がオリのように沈殿しています。ですからNATOへの参加には反対だったのです。ハンガリーはいかに困難でも中立を守りぬくべきだと考えます。それがナジ・イムレの遺志を継ぐことでもあります。もっとも私はこの国では少数派なのですが」

たしかにハンガリー動乱の体験から一般の人々は正反対の結論を導き出した。北海道とほぼ同じ小さな国土。わずかな国防軍と限られた国防費。しかも国境を七つの国に囲まれた複雑な地政。クレムリンもまたいつ脅威となるか定かでない。結局わが身を守るには大西洋を隔てたアメリカとの安全保障同盟に庇護《ひご》を求めざるを得ない、と。

周囲を海で守られ、そのうえ超大国アメリカの核の傘に身を寄せた戦後の日本――われわれの国のありように思いを馳《は》せているうち、あたりはすっかり暗くなってしまった。クレムリンに抗《あらが》って人々に武器を持って立ちあがるよう促した政治指導者ナジ・イムレ。秘密のスタジオから放送した最後の呼びかけのテープが耳に残って忘れ難い。

「ハンガリーの皆さん、同志たちは全土でいまなお勇敢に戦っています。私たちはなお抵抗を続けています。なお、戦っています」

だが、ナジの声はまもなくぷっつりと途絶えてしまう。その後彼はソ連の当局に逮捕され、処刑される。大国と陸続きに隣りあう国に生まれた者たちにとっては、自由とはかくも尊く苛烈《かれつ》なものだった。

白い日傘のひと

マンハッタン

白い日傘の影が御影石《みかげいし》のうえにすっとのびてきた。ついで淡い水色の鼻緒が目に入った。真っ白な足袋《たび》が、マンハッタンの摩天楼から差しこむ陽を浴びて輝いている。

中村勘九郎（現・勘三郎）率いる平成中村座の芝居小屋前に現れたのは中里由良《ゆら》子《こ》さんだった。わがインテリジェンス小説『ウルトラ・ダラー』に登場する新橋の料亭「なか里」の女将《おかみ》である。薄茶色の越後上布に、白い羅の帯をきりりと締めている。その立ち姿は凛《りん》として品がよく、まばゆいばかりに艶《あで》やかだった。同時多発テロ事件の傷がニューヨークっ子の心の襞《ひだ》からすこしずつ薄らぎはじめた二〇〇四年の夏のことであった。

「出し物は『夏祭浪花鑑《なつまつりなにわかがみ》』でしょ。トランクが軽くなるので浴衣《ゆかた》にしようかしら」

東京からの電話ではそう言っていたのだが、やはり思い直して、上布の着物にしたのだろう。ワシントンから出向いた僕は、書生絣《がすり》に夏袴《なつばかま》、素足に下駄《げた》履《ば》きだった。

そんな姿を見て由良子さんはいった。

「覚えているわ。スティーブンのお祝いに着ていたお召し物でしょ。あのとき、みんなで贈った浴衣、スティーブンは、いまでもロンドンで着ているかしら」

スティーブンこそ『ウルトラ・ダラー』の主人公である。由良子さんは遠景に飛び去っていった日々をいとおしんでいるようにみえた。新橋きっての美しさを謳《うた》われ、踊り妓《こ》からやがて料亭の女将となったそのひとは、あの街とその時代を知る者の憬《あこが》れであり、われらが青春の光芒《こうぼう》でもあった。

謎《なぞ》の英国人スティーブンのために浴衣を誂《あつら》えて祝いの宴を催したのは八〇年代半

ばのことだった。ロンドンからの密使がふと漏らしたひと言がきっかけだった。

「スティーブンの仕事が上層部の眼に留まって昇進が決まったんだ」

それはオックスフォード大学を出た麒麟児《きりんじ》をからかう格好のネタだった。さっそく菅原文太《すがわらぶんた》風の浴衣を注文し、山本五十六《いそろく》提督がひいきにした料亭「こすが」に、スティーブンを囲んで由良子さん、照代姐《ねえ》さん、そして僕が集まった。余興には紫の袱紗《ふくさ》に包まれたブツが用意された。

「さあ、スティーブン君、もろ肌を脱いで」

照代姐さんはそう命じると、浅草橋から仕込んできた刺青《いれずみ》のシールを取り出した。やけどをしそうなほど熱いタオルで背中を叩《たた》きながら、刺青を写し取っていった。

「昇り龍《りゅう》」はフェイクとは思えぬ見事な出来映えだった。

「お風呂《ふろ》に入って石鹸《せっけん》でこすっても二週間は大丈夫。スティーブン、あなたはもう堅気には戻れないわ」

彼もヘーゼル色の瞳《ひとみ》に笑みを浮かべて嬉《うれ》しそうだった。その翌日には、本国への報告を兼ねた休暇をロンドンで過ごすために英国に帰っていった。

「イギリス紳士は上着を脱がないというけれど、機内でならワイシャツ姿になるはずよ。海島綿の布地越しに昇り龍がうっすらと浮かびあがる。色気があって素敵。アテンダントの皆さんも喜ぶはずよ。お客様の眼をひくことは請けあいだわ」

われわれとこれほどに親しかったスティーブンもやがて東京から姿を消した。北京《ペキン》に住んでいる。いや香港《ホンコン》に移ったらしい。ドバイの街角で見かけた。こんな風の便りが聞こえてくるだけだった。

歌舞伎《かぶき》のニューヨーク公演の翌日、由良子さんをシンディ・ローパーもご愛用のヘアー・スタジオ「バンブル&バンブル」に案内した。彼女は大きな窓越しに大西洋を見ながらぽつりとひとりごちた。

「ねぇ、前からいちど訊《き》きたかったの。スティーブンって、じつはその筋のひとだったんでしょ。ねぇ、ほんとうのことを教えて」

「由良子さん、そんなことは話題にしてはいけない。口にすることすら身に危険が及ぶ。いいね、約束するんだ。もう二度と訊かないって」

きれいに磨きぬかれたガラス窓に映ったその表情は「やっぱり英国秘密情報部員だったんだわ」と確信している様子だった。その瞳はラッコを思わせて愛らしく、肌は透き通るようにきれいだった。

ライオンと蜘蛛《くも》の巣

サウス・ボストン

エリー通り七十四番地は、ロックスベリーから車でわずか五分あまりの距離にある。「アメリカの語り部」といわれたセオドア・ホワイトはここで生まれた。現代アメリカを代表するこのジャーナリストは、国共内戦が繰り広げられていた中国の奥地に分け入り、新生アジアの胎動を伝えて、その名声を不動のものにした。戦後は、灰燼《かいじん》から立ちあがろうとする欧州の素顔をアメリカに伝えている。その時々に、現代アメリカの苦悩を雄渾《ゆうこん》な筆致で描き続けてきた。

ホワイト自ら「ボストンのユダヤ人ゲットー」と呼んだエリー通り界隈。かつてはベーグルを焼く香りが漂い、夕暮れまで子供たちの遊び声が響きわたる活気に溢《あふ》れた町だった。

一九七四年の大統領予備選挙を取材するためボストンを訪れたホワイトは、久々にエリー通りを訪ねてみようと思い立ってタクシーを拾ったのだった。

「お客さん、あんな危ない街に行くならもう十ドル出してくれ」

運転手にこういわれて言い知れぬ衝撃を受ける。この日の出来事は、ホワイト作品に決定的な転機をもたらさずにはおかなかった。

彼は名著『歴史の探求』のなかで、恐怖と怒りに支配されてしまったわが故郷を前に立ちすくみ、こう問いかけている。

「誰一人、彼の故郷を荒廃させようと計画しはしなかった。それどころか、国の、州の、ボストンの政治が与えうる善意のすべては、数え切れぬドルとともにこの種の荒廃を阻止するために集められたのである。——そしてそれは失敗に終わった」

(サイマル出版会　堀たお子訳)

ホワイトは、六〇年代に公民権法を成立させ、永年虐《しいた》げられてきた黒人を白人と同等の市民として迎え入れた祖国アメリカを誇らしく思っている。それだけにその黒人たちが住むコミュニティがかくも荒れ果て、無法地帯と化していることに戸惑いと悲しみを隠さなかった。ホワイトが歌った「絶望の唄《うた》」を嘲《あざけ》るように、その後のアメリカは、すさまじいばかりの勢いで社会の底辺を深化させ、拡大させていった。

南部きっての近代都市といわれるヒューストンのスラム街も聞きしにまさるものだった。石油資本が持てる富の限りを注ぎ込んで築いた高層ビル群が立ち並ぶ中心街からわずか四キロ。そこに年間の平均所得が一万一千ドルという人たちの貧困地帯が広がっている。住民の九十八パーセントが黒人とヒスパニック系だという。木造バラックの朽ち果てたひさしの間から、彼方《かなた》にガラスの摩天楼が真冬の陽光に映えてまぶしく輝いている。その光景はさながら「天国と地獄」を思わせる。ここでは麻薬と暴力と売春が人々の生業《なりわい》であった。

変革の狼煙《のろし》はホルマン通りに面する小さなバプチスト教会からあがったのである。運動の先頭に立ったジョンソン牧師は、麻薬取引の巣窟《そうくつ》だった教会向かいのビルをまず買い取って、反ドラッグ戦争の拠点とした。続いて売春宿だったウィンフレッド・ホテルを買い取り、さらには三十七の民家を五十万ドルで手に入れた。そして日曜学校、食料配給所、それに麻薬・アルコール依存症患者のカウンセリング施設につぎつぎに造り替えていった。

そのための資金は、地元の銀行からの融資、教会の基金、財団からの寄付金が充《あ》てられた。なけなしの金を預けた銀行が倒産する不運にも見舞われたりしたが、自力更生の試みは徐々に実を結んでいった。その活動は全米の注目を集めるまでになった。

彼らの運動の眼目は、州政府や市当局の財政支援に安易に頼らない点にある。公的な資金で無味乾燥な低所得者用の高層アパート群をいくら建ててもらっても、心が通いあう地域共同体を築きあげることはできない。試行錯誤の果てにこうした教訓をわがものにしていったという。

「かぼそい蜘蛛《くも》の巣も、人々が手を携えて丁寧に紡《つむ》いでいけば、ライオンさえ捕えることができる」

ジョンソン師は「お上に頼らぬ哲学」をこう説きつづける。彼らは、アーカンソー・リトルロックでの暴動を闘った黒人指導者にも、ソーシャル・キャピタルの充実を教壇から説く知識人にも、ワシントン政治にも、一切の幻想を抱かない。「天は自ら助くる者を助く」という理念だけを武器に、アメリカ流の過酷な競争社会としたたかに渡りあっている。

冷戦の廃市

ケーニヒスヴィンター

ライン川にはおびただしい数の渡し船が往《ゆ》き来《き》している。ボンの対岸にあるケーニヒスヴィンターの船着き場から、そんな渡しのひとつに乗った。早春のジーベンゲビルゲの山々が霞《かすみ》に煙って川面《かわも》に揺れている。だが、ライン川は気紛《きまぐ》れだ。上流から吐き出された乳色の霧にあっという間に覆《おお》われてしまった。「ドイツの小さな町」は冷戦の廃市になろうとしている——。甲板から川霧の光景を眺めているうち、こんな感慨にとらわれた。冷たい戦争の日々をつぶさに目撃してきたドイツの暫定《ざんてい》首都は、かつての静かな大学町に戻ろうとしていた。

東西両陣営が対峙《たいじ》して火花を散らしていた一九六〇年代、ひとりの英国外交官が渡し船でケーニヒスヴィンターの自宅から対岸の英国大使館に通勤していた。彼は、ジョン・ル・カレの筆名で『寒い国から帰ってきたスパイ』を書きあげた直後だった。冷たい戦争を戦う国家に思うさま使われ、やがて雑巾《ぞうきん》のように捨てられる諜報《ちょうほう》員《いん》。冷戦の素顔をいかなる諜報報告よりリアルに描いて、不朽のスパイ小説とした。

この英国外交官は、ときおり、防弾ガラスを施した大型のメルセデスと隣りあわせになることがあった。後部座席には、きまって不機嫌な老人が身を沈めて「フランクフルター・アルゲマイネ」紙に読みふけっていた。思わず窓越しにどの論説を好んで読んでいるのかを覗《のぞ》き見たという。情報《インテリジェンス》を生業《なりわい》にしていた者の悲しい性《さが》なのだったろう。

ブリヤート・モンゴル人を思わせる風貌《ふうぼう》の老政客こそ、宰相コンラート・アデナウアーだった。老人は寒い国との妥協を頑《かたく》なに拒み、東からの烈風に耐えつづけよ、と説き続けた。

アデナウアーとル・カレ。ふたりは、冷戦という名の現実を異なる地平で生きた。かれらの接点はたったひとつ。ライン川の小さな渡し船だった。

ラインの流れの対岸に位置するレーンドルフの高台にはこの老政客が愛した薔薇《ば ら》園《えん》があった。彼の寓居《ぐうきょ》を取り囲むように咲き乱れる色とりどりの花弁の群れ。アデナウアーにとって薔薇づくりは、ナチスの弾圧から身をかわす一種の韜晦《とうかい》だった。だが、彼は祖国ドイツが敗戦を迎え、宰相となっても庭づくりをやめようとはしなかった。ともすれば大西洋同盟の盟主アメリカにも抗《あらが》いたくなる反骨の情熱を薔薇づくりに精魂を傾けることで冷まそうとしたのかもしれない。真紅の花弁は、彼の口から覗く赤い舌でもあり、血しぶきでもあった。

西側同盟の要《かなめ》たるアメリカが、自国の安全保障を優先させ、欧州の同盟国を生け贄《にえ》の羊とするような素振りを少しでも見せてみろ。わがドイツは対ワシントン同盟から離脱して中立を目指さざるをえなくなってしまうぞ――。この老人は頬骨を突きだしながら、そんな無言の脅しをときおりアメリカにこそ見せたのだった。

作家、ジョン・ル・カレの直感は、黒のメルセデスの後部座席に身を沈めるアデナウアーの相貌から隠れたメッセージを読みとったのかもしれない。『ドイツの小さな町』という作品に、統一された中立ドイツの姿を描いてみせた。

「マルクト広場に河霧がうっすらとたなびいている。ボンはバルカンの街だ。汚れがしみつき、秘密めき、その上を、路面電車の電線が蜘蛛《くも》の巣のように走っている。ボンは死者を出した暗鬱《あんうつ》な家だ」

この特異な作品は、ボンの英国大使館から機密書類とともに姿を消した館員の追跡を縦糸に、大西洋同盟を離脱して対ソ貿易同盟に向かうドイツの蠢動《しゅんどう》を横糸に織りなされている。ふたつの糸が紡《つむ》ぎあげたタペストリーにはやがて「中立ドイツ」が浮きたってくる。

小説のうえの出来事と誰もが信じていた統一ドイツは、四半世紀の後、ベルリンの壁の崩壊によって実現した。百年に一度という国家の大事に際して、宰相コールはモスクワに飛び、西側の一員としての統合ドイツに難色を示すゴルバチョフ大統領に膝《ひざ》詰めの談判に及んだ。

「ドイツがNATOの核の傘からはずれ中立化すれば、必ずや核武装への道を歩む。

それはモスクワにとっても悪夢のはずだ」

統一ドイツがNATOに残留することを認めるよう言葉を尽くして説得した。コールの粘りが功を奏して、統合されたドイツは、冷たい戦争の終結後も大西洋同盟にとどまることになった。『ドイツの小さな町』でル・カレが試みた暗い予見は幻に終わったかにみえる。だが、はたして本当にそうなのだろうか。

確かに彼らは「スーパー・ドイツ」が出現したといった印象を与えまいとひっそりと構えてきた。大西洋同盟の盟主、アメリカへの気の配りようは周到を極めたものだった。NATO事務総長の人選をめぐっても、常にアメリカの意向を尊重し、フランスが核ミサイルの共同保有を暗に持ちかけても振り向く素振りも見せなかった。こうして欧州でのアメリカの軍事プレゼンスを一月《ひとつき》でも一日でも引き延ばそうと腐心してきたのだった。かくの如く、きまじめな同盟の優等生役を演じなければならないのは、それだけドイツの胸底には「東の磁場」に強く引かれるものがあるからなのだろう。

ドイツはもはや冷戦構造によって東西に引き裂かれた国ではない。自ら磁力を発するミッテル・オイロッパの中核として、欧州の新秩序の創造主になったのである。

一方ワシントンの側には、そんなドイツを等身大で捉《とら》える感性が喪《うしな》われていたのだろう。イラクのサダム・フセイン体制に対する力の行使にあたって、ドイツのシュレーダー政権を向こう岸に追いやってしまう。ドイツの社民党・緑の党の連立政権は、国連決議なき対イラク攻撃に頑として首を縦に振ろうとはしなかった。大西洋同盟の命運を左右する重要問題でドイツは初めてアメリカの意志に抗ったのだった。

老宰相が、薔薇づくりに精を出すことで地中深くに埋め込んだアメリカへの反抗心。そうまでして避けようとしていた大西洋同盟の亀裂《きれつ》がぽっかりと口を開けた。アデナウアーの深慮もむなしく、四十年の後、ブッシュのアメリカは、シュレーダーのドイツを同盟の絆《きずな》から逃してしまった。

ワシントンとベルリンの間にできた空洞はそれほどに暗くて深い。「ボンは死者を出した暗鬱な家だ」と書いたのはル・カレだったが、統一ドイツの首都ベルリンが死者を運び出す暗鬱な家にならなければいいのだが――。

ヴォルガのアウスシードラー

カザン

なんとも不思議な魅力を湛《たた》えた老女だった。ヴォルガの農民のような風貌《ふうぼう》でもあり、北ドイツの修道女のようにも見えたからだ。顔には深い皺《しわ》が刻まれ、大きな瞳《ひとみ》は瞬《まばた》きをしない。腰は曲がっているのだが、その精神はどこかのびやかで揺るぎない存在感が漲《みなぎ》っていた。

この老女は「アウスシードラー」だった。日本風にいえば旧ソ連からの「引揚者」なのである。ドイツ人の血が流れているため、国籍法によってドイツ市民として迎えられた。カザフスタンから帰還し、当時、ボン郊外に仮住まいしていた。

彼女の祖先がドイツを後にしたのは、ドイツ帝国が成立する遥《はる》か以前の十八世紀後半のことだった。宗教的な迫害を逃れてエカテリーナ女帝の庇護《ひご》を求め、ヴォルガの河畔に入植したのだという。二百年に及ぶ流浪《るろう》の果ての帰国だった。

「戦争中には強制収容所に送られるユダヤ人の一団にも遭遇した。が、わしらとて同じような境遇だったからね。ひとときだって平穏な時代などありはしなかったよ。打ち続く革命と果てしない戦争。それだけの一生だったよ」

彼女は、ヒトラーのソ連侵攻こそが「暗黒の旅路の始まりだった」という。それは黒死病のように、彼女が住むドイツ人村に災厄をもたらした。スターリンは、彼らを「ファシストの狗《いぬ》」と呼んでウラル山脈に強制移住を命じ、さらにシベリアや中央アジアへ放逐した。収容所列島の門が開くにはペレストロイカを待たなければならなかった。

やがてペレストロイカは始まり、冷戦が幕を閉じると、彼らは独・露新時代の象徴として熱狂的に父祖の地に迎えられた。そして百五十万人が帰還を果たしている。

だが、若者の多くは母国語であるはずのドイツ語を話すことができず、これといった専門技術も身につけていない。ドイツ社会の厄介者になるのにさして時間はかからなかった。失業予備軍であり、年金にすがる国家財政の金喰い虫にすぎん――。こんな冷ややかな視線が向けられるようになる。地方選挙では引揚者の排除を訴える極右政党が躍進し、社民党までが規制強化に同調して波紋を広げていった。

狭い一間のアパートには家族五人が折り重なるように暮らしていた。戦後ドイツが掲げてきた「少数者に優しい社会」という美しい理念が、経済不振のなかで剝《は》げ落ちつつある現実を、私は当事者から聞きだそうと考えていた。だが老女の顔を見て中止した。彼女の酷烈な人生の前にはそんな批判は茶飲み話にもならない。

「闇《やみ》のなかから鉤《かぎ》がでてきて一人の男をつりあげ消え去ったとすれば、それは権力が働いたのである」

こう断じたのは埴谷雄高《はにやゆたか》だった。老女は、旧ソ連からの出国が美しき人道主義によって実現したのではないことを肌で知っている。自分たちは、政治権力者の鉤に操られた影絵でしかない。ならば一切の幻想は抱くまいと思い定めているかにみえる。

ハノイの支配者たちは、ベトナム戦争のあと、おびただしい数の中国系住民をボートピープルとして海に放逐した。モスクワの権力者にとって、世間の指弾を浴びることなく百五十万もの難民をそっくり引き取ってくれる国家など、ドイツをおいてあろうはずがない。だが、ドイツ側とて慈善事業を営んでいるわけではない。「アウスシードラー」の受け入れを通じて苦境に立っていたロシアに恩を売っておこうともくろんでいたのである。ロシアの大統領選挙で共産党勢力が復権すれば、統一ドイツは新北方外交の展開に支障をきたしてしまう。統一ドイツの安全保障にとって役に立つとみれば、原子力設備の再建も選挙への干渉すらも、小さな「必要悪」にすぎないと考えている節がある。

第一次世界大戦後のヴェルサイユ体制から疎外《そがい》されたドイツは、ソ連領内に極秘の軍需工場を設けて、戦勝国の頸城《くびき》から脱しようとした。悪魔の取引といわれた「ラッパロの密約」である。日本が北方外交への思考を停止させている間に、もうひとつの敗戦国ドイツは「新ラッパロ条約」をしたたかにも模索しているようにみえる。

アイロルデ家の秘事

トスカーナ

その夜、わが家のディナー・テーブルに着いた客人は六人。簡単にご紹介しておこう——。と気軽に言ってしまったものの、いざ試みてみると、なかなか込みいっていて、頭を抱えてしまう。

主賓はスリランカの閣僚に嫁いだカリフォルニアの美女。オランダのハーグにある国際司法裁判所で活躍するスリランカ人の法律家の義父を訪ねた帰りに、コロンボ風のカレーを持参してボンに立ち寄ってくれるという。

急遽《きゅうきょ》、晩餐《ばんさん》の集いを催そうと思いたった。かつてケンブリッジでともに過ごした仲間のひとりに声をかけることにした。そのイタリア人女性はユーロクラット、EU官僚として環境政策を担当している。彼女は小型車を運転してベルギーのブリュッセルから国境を越えて駆けつけてくれた。さらには、蜜蜂《みつばち》の飼育が生きがいというカナダ人夫妻に声をかけた。オタワの環境団体から送り込まれた科学技術担当の外交官だ。夫は旧東独のドレスデン生まれ。妻はイギリス生まれ。いまひと組は、BBC・英国放送協会のボン支局長夫妻。夫のウィリアムは、留学生だったビル・クリントン青年とオックスフォード大学のユニバシティ・カレッジの寮で寝起きをともにし、そのアーカンソー訛《なま》りの矯正に情熱を傾けたという。ために未来の米国大統領を徹底した英国嫌いにしてしまったらしい。妻は二十人分の食事をひとりでこなすスーパーワイフにしてジョンブルたちを巧みに統御する「猛獣遣い」でもある。

ベルガモ生まれのアデーレ・アイロルデはヴィスコンティ監督の映画に登場するイタリア貴族を髣髴《ほうふつ》させるセンス・オブ・ヒューモアの持ち主だった。かつてオックスフォード・シャーの古風なパブで仲間と雑談していたときのことだった。

「どの家にだって誰にも知られたくない秘めごとはかならずあるものよ。ああ、恥ずかしくて死にたいくらいっていうわが家の恥を、きょうはひとり一話、披露しあってはどうかしら。神父さまへの告白のときより正直にね」

まず隗《かい》より始めよ。アデーレがまずアイロルデ家の秘事を明かしてくれた。敬虔《けいけん》なカトリック信者にしてベルガモで並ぶものなき富豪だった彼女の大叔母にまつわるエピソードだった。

「第二次世界大戦が終わってずいぶんとたっても、イタリアではもの不足に苦しんでいたの。貴族の血筋なんて現実の生活にはなんの足しにもなりやしない。とりわけ深刻だったのは落とし紙。そう、トイレの——。新聞紙を使わざるをえなかったのだけれど、信仰上の問題が持ちあがったのよ。我が家が購読していた保守的なカトリック新聞には『聖なる言葉』が氾濫《はんらん》していたからだわ。加えてイタリアには聖なるという言葉を冠した地名がやたらと多いの。信仰篤《あつ》き大叔母は虫眼鏡で記事を精読し、ありがたき神の御言葉《みことば》を見つけると大鋏《おおばさみ》で切り取る。そして俗世のものとなった新聞紙は落とし紙の箱に収められるというわけ。その作業がひがな一日続けられていたのを幼心に覚えているわ」

この「アイロルデ家の秘めごと」は圧倒的な支持を集めて、とっておきの恥ずかしい話の一位に選ばれたのだった。アデーレはそのときのことを覚えていて、今夜はゲストがどんな小話を聞かせてくれるのかしら、と勇んでわが家にやってきた。

かくしてBBC支局長による私設放送が始まった。


イギリス人、フランス人、日本人、それにドイツ人がギロチンの刑にかけられることになった。執行人がおごそかに言った。

「この世の思い出にひとつだけ願いを聞いてやる」

そこでイギリス人は「ハバナ産のシガーを一服」と言ってあの世に送られた。フランス人は「一九六二年のロマネコンティを」と所望して刑場の露と消えていった。日本人は「松茸《まつたけ》の香りを」と言って静かに去っていった。

最後にドイツ人は、「特に望みはないのだが、刑場の機械の具合は大丈夫だろうか」と執行人に尋ねたという。

こうした場面では、アメリカのような超大国や欧州統一の機関車役を演じるドイツのような大国は、どうしてもからかいの対象になる。なにしろスーパーパワーなのだから。

「モナコのカジノで大金を摑《つか》んだらどこに山荘を持ちたい」

共通点など何ひとつないその夜のお客たちも、この件だけは奇妙に意見が一致した。山荘ならイタリアのトスカーナに尽きるというのである。

トスカーナのキャンティ地方になら、とびっきりの友人がいる。わが友人、ロベルトとシルヴィーは、数年前にビジネスの世界から足を洗い、いまは中部イタリアのトスカーナ地方で葡萄《ぶどう》畑を耕し、「キャンティ・クラシコ」の名品を世におくりだそうとひそかに執念を燃やしている。古い農家を改築した彼らの家のダイニング・ルームには、対句を刻んだ額が掛かっていた。ヨーロッパ各地からやってくるお客がパスタの次に好きだという、ふたりのホスピタリティを髣髴させることわざを紹介しよう。

『警察官はイギリス人、料理人はフランス人、機械工はドイツ人、恋人はイタリア人、そしてすべてがスイス人の手で運営されている、これこそが天国だ』
『警察官はドイツ人、料理人はイギリス人、機械工はフランス人、恋人はスイス人、そしてすべてがイタリア人の手で組織されている。これこそが地獄だ』

わが家が客人を対象に行った聞き取り調査によれば、「天国と地獄」で最も反対意見が多かったのは「機械工はドイツ人」というくだりだった。「ドイツこそ世界に冠たるマイスターの国」。これはもはや過去の神話にすぎないというのだ。具体例をひとつだけあげてみたい。白蟻《しろあり》駆除のような白衣をつけたドイチェ・テレコムの機械工。かれらは、民営化を果たし、日本でも株式の公開に踏み切ったこの巨大会社の尖兵《せんぺい》としてボンの各所に出没していた。電話に絡《から》んだ故障がともかく多いのである。我が家でも「2」をダイヤルすると「1」につながってしまい、通話の成功率は四十五パーセントを下回っていた。なぜ「2」が「1」に化けるのかは統一ドイツ最大の謎《なぞ》とされていた。一説によると旧東独への新規投資を優先し、老朽化したアナログ電話交換機を放置しているからだというのだ。わが家も、白蟻駆除氏に幾度修理を頼んだことだろう。しかし結果は申しあげるまでもない。ために、ダイヤルを回すときには深呼吸し、ひたすら神に祈らなければならなかった。

この不思議の国の運命にどこか魅せられてとどまっている英国の友人は、欧州統合の深化を時の流れと認めつつもふとこんな言葉を漏らしていた。

「警察官から機械工まで、ことによったら妻までドイツ人で我慢しよう。だが、すべてがドイツ人の手で統御されることだけはご免蒙《こうむ》りたいものだ」

黒い森の凶弾

シュヴェニンゲン

石畳の広場を埋め尽くした聴衆の間から、異物が演壇めがけてまっしぐらに飛んでいった。バシャ、バシャ。演説会場にいた報道カメラマンがいっせいにシャッターを押す。ストロボの閃光《せんこう》に照らし出されて、標的は背後の闇《やみ》からくっきりと浮かびあがった。「凶弾」は壇上の演説者の頭をわずかにそれて、うしろの空間に吸い込まれていった。

だが、その男は瞬《まば》きひとつしなかった。演説には少しの息の乱れもなく、大きな瞳《ひとみ》は正面を見据えたままだった。それとも並外れて鈍感なのか。よほど剛胆なのか。放たれた「凶弾」は小さなトマトだった。黒い森のなかにある小さな町での出来事だった。狙《ねら》われたのはヘルムート・コール。その堂々たる体軀《たいく》が似ているからか、在任期間の長さゆえか、「現代のビスマルク」と呼ばれたりする。カイロで「反テロリズム・サミット」に出席したその足で、遊説《ゆうぜい》のために深い森に囲まれたこの小都市に駆けつけて、難に遭遇したのだった。

現代史が染めあげられていく現場に居合わせた者には、その色彩があまりに鮮やかなために、歴史的な意義を見過ごしてしまうことがある。ヨーロッパの統一通貨「ユーロ」の導入に弾みがついた瞬間がまさにそうだった。EU各国も、アメリカも、アジア各国も、いまでは通貨統合で生まれた「ユーロ」を遥か以前からあったかのように受け入れている。だがついこの前まで、気鋭のエコノミストも、ドイツ連銀も、政策通の政治家も、ユーロをほんとうに導入できるのか、そろって懐疑的だった。いつ統一通貨への流れが決定的になったのだろう。

いまから振り返れば、「やはり黒い森での出来事だったのか」と思わざるをえない。私も特派員として現場に居合わせたのだが、そのときは事態の全体像が見通せなかった。あのとき、宰相コールは、鬱蒼《うっそう》とした森に囲まれた小さな町に風邪の高熱をおしてやってきた。一九九六年三月のことであった。

いまではそんな地方選挙があったことすらドイツ人でさえ覚えていまい。だが、巨軀の宰相は、中東から飛行機と車を乗り継いで、山あいの町シュヴェニンゲンに駆けつけてきたのだった。

低くくぐもったその声は、厳冬の空気に共振し、あたりを払うような緊迫感が漲《みなぎ》っていた。ここが勝負どころだった。社会民主党は、この選挙で初めて「ユーロ導入の延期」を訴えた。メルセデス・ベンツの本拠地を抱え、強いマルクを育てる尖兵となったバーテン・ヴュルテンブルク州の有権者はユーロを忌避するはずだ。社民党指導部はこう読んだのだろう。だが意外にも選挙民は統一通貨の導入に信任を与えたのだった。この黒い森の戦いこそ、ユーロ誕生を賭《か》けた主戦場だった。

選挙は戦いと心得た宰相コールも、礼節を重んじる黒い森の町でトマトの礼砲に迎えられるとはさぞ心外だったろう。こうしたハプニングに襲われるのはコールがきまって政治的苦境にあるときだった。ドイツ統一の熱気から人々がようやく醒《さ》めつつあった九一年春。コールは父祖の地でもある旧東独ハレの民衆から生卵を顔に見舞われている。

「欧州の新しい統一通貨は、ドイツ・マルクと同様の力強さ、実質、そして安定性を兼ね備えていなければならない」

統一通貨を推進力として、ヨーロッパの統合を深化させることこそ、来たるべき世紀を戦争と訣別《けつべつ》した平和な時代にする最善の安全保障なのだ——。コールは憑《つ》かれたようにこう説きつづけた。だが聴衆からはまばらな拍手しか起きなかった。失業率が戦後最悪を記録したなかでは、コールが説くヨーロッパ統合の理想も人々にはどこか虚《うつ》ろに響いたのだろう。

ユーロをめぐる第二幕も、この黒い森が舞台だった。フランスとの国境に近い人口わずか二万のヴァルトキルヒの町に、一足早くユーロ硬貨が出現した。二年後の通貨統合に先駆け、ドイツの通貨当局の特別な許可を得て、「二十五ユーロ」と「三ユーロ」の二種類の銀貨と金貨が発行された。

ユーロとマルクの交換比率は、二年後の実勢レートを読み込んで一対二と決められた。地元の信用金庫で早速マルクをユーロと両替してみた。商店街を歩いてみると、店頭にはユーロとマルクの双方で価格が表示されている。陽当たりのいいカフェーでコーヒーとクッキーのセットを注文した。値段はしめて二ユーロ。キラキラと輝くユーロ金貨で支払うと、店の主人の愛想がことのほかいい。すぐにその理由が判明した。ユーロ硬貨は希少価値がもてはやされて、瞬《また》く間に値上がりしていたのである。発売わずか一週間にしてコイン・ショップでは二・五倍から三倍もの高値がついていた。街の為替市場では早くもユーロ高が始まっていた。

じつは同種のユーロ硬貨は国境をまたいだフランスの町セレスタでも発行されていた。ヴァルトキルヒとセレスタは姉妹都市。ふたつの町は市民から未来を紡《つむ》ぎだすような共同事業を募ったという。そこで提案されたのが統一通貨の独自発行というアイディアだった。

独仏はライン川をはさんだ両岸で幾度も戦火を交え、互いに占領を繰り返している。怨念《おんねん》の歴史が通り過ぎた一帯なのである。それだけに、独仏共通の通貨を創りだすことで、不幸な過去を封印してしまおうというひそかな決意がこめられていたのだろう。

通貨統合を決して経済的な利害から扱っているのではない。経済の論理を超えた、優れて安全保障に根ざした営為として構想したのだ――。これが宰相コールを衝《つ》き動かした動機だった。

独仏の連携はスエズ動乱に遡《さかのぼ》る。アメリカは英仏両軍のスエズ出兵を頑として認めなかった。このため大西洋同盟の内部には軋轢《あつれき》が高まった。老宰相アデナウアーはこの機を逃さなかった。

「統合された欧州のみが雪辱を果たす」

誰よりアメリカに忠実な盟友と見られていたアデナウアーは、すかさずボン・パリ枢軸《すうじく》をもちかけた。フランスも信頼に値する同盟国になるとアピールして、隣国ドイツの持てる活力を欧州統合に向かわせたのだった。

統一通貨ユーロは、その出自からして超大国アメリカへ対抗する安全保障上の備えでもあったのである。

白き沈黙の道

ブーヘンヴァルト

樹氷の並木道がなだらかな曲線を描いて続いている。ブナの森で重労働を終えた収容者たちが夕暮れとともにたどった道だ。容赦なく吹きつける烈風にさらされながら、真白な並木を駆りたてられるように収容所へと向かうユダヤ人たち。手足まで凍らせる寒さのなかで、囚《とら》われ人たちは誰ともなく、この並木通りを「白き沈黙の道」と呼んだという。

樹氷となった並木が両側に連らなる一本道を抜けると、正面に古風な時計台が姿を見せる。ワイマール郊外にいまも残るブーヘンヴァルト強制収容所の中央棟だ。私が訪れたその日も零下十五度の凍《い》てつく寒さだった。肉親の霊を慰めるためにやってきた人々はみな押し黙り、吐く息だけが白かった。

錆《さ》びついた鉄格子《てつごうし》の扉にドイツ語の格言がはめ込まれている。その意味に気づいて息を呑《の》んだ。

「人には誰でもその分というものがある」

哲人キケロの言葉を借りたプロイセンの格言だ。人は誰でもその出自にふさわしい報酬が約束されている。そしてその働きぶりにも――。それが囚人たちへ贈る言葉だった。

ナチズムという名の全体主義は、このプロイセン流の哲学に独自の解釈を付け加えたのだった。

「ユダヤ人たちよ、おまえたちのような出自の者は、いまの境遇こそ当然の報いだと思い知れ」

なんと忌《い》まわしい言葉なのだろう。囚われ人たちにはこの格言どおり酷薄な運命が襲いかかった。耐えかねて囚人たちの幾人かは高圧電流が流れる鉄条網に身を投じ脱出を試みたという。自由を求めることはすなわち死を意味したのだった。

ブーヘンヴァルト強制収容所の入り口に立つと、その鉄格子を通して広場が見えた。中央広場のまんなかに枯れ木が西風に耐えてぽつんと立っている。見せしめに収容者が吊《つる》された刑場跡だった。そこからやや離れたところに木造の建物が残っていた。身長の検査をするから計器の前に立てと騙《だま》して、囚われ人を背後の穴から射殺したという。

ブーヘンヴァルト強制収容所がアメリカ軍によって解放されたのは、一九四五年四月十一日のことだった。中央棟の時計台はその瞬間を午後三時十五分と記録し、その後、時を刻むのをやめている。

解放から一週間後のことだった。アメリカ連邦議会の下院議員の一行がこの地を訪れている。ナチス・ドイツの残虐《ざんぎゃく》を極めた戦争犯罪をわが眼で確かめるためだった。そのなかにワシントン州選出の若い民主党議員がいた。この政治家こそ、それから半世紀の後にアメリカの針路に絶大な影響を与えることになる人物だった。とりわけ自らがこの世を去ったあとで——。

連邦上院議員となるスクープ・ジャクソンだった。アメリカ議会が世に送り出した安全保障専門家の逸材である。米ソの軍縮交渉は、ジャクソン議員の意向を無視しては一歩も進まないといわれた。或る日、ジャクソン上院議員が核ミサイル戦略を大局的な視点から検証し直したいと思いたち、夏休みをもてあましていたふたりの大学院生を助手に採用する。この大学院生こそ、ポール・ウォルフォウィッツとリチャード・パールだった。

ウォルフォウィッツは、ジョージ・W・ブッシュ政権の国防副長官として、パールは同じく国防諮問《しもん》会議の議長として、ブッシュ大統領をイラク戦争へと誘《いざな》っていった。かれらこそブッシュ共和党政権の「知的な特殊部隊」としてイラク戦争の推進力となった新しい保守主義「ネオコン」の代表格だった。

スクープ・ジャクソンは、ネオコンの際立《きわだ》ったイデオローグとなったふたりの生涯の師と仰ぐ存在だった。自由の旗をへんぽんと翻《ひるがえ》すアメリカの民主主義を、虐《しいた》げられた体制のもとに喘《あえ》ぐ人々にあまねく及ぼしていく。全体主義の不正を眼の前にして、決してひるんではならない。アメリカという自由の丘の上にたつ国家が、その強大な力を行使することをためらってはならない――。

こう訴えるスクープ・ジャクソンに、ふたりの若者は深く傾倒していった。ブッシュのアメリカを中東での果てしのない戦いに突き進ませた思想の源流はまさしくジャクソンの内面に芽生えていたのだった。

若き日のジャクソンを全体主義との闘士に変えたのがブーヘンヴァルト強制収容所だった。怒濤《どとう》のような圧制を前に自ら行動しなければ、人類は未曾有《みぞう》の不幸に見舞われてしまう。収容所の悲劇を目撃したその日から、ジャクソンは「力の信奉者」に変貌《へんぼう》した。

スクープ・ジャクソンのふたりの弟子はユダヤ人の家系に生を享《う》けた。それゆえ、第二次世界大戦では、おびただしい数の肉親をアウシュヴィッツの収容所で失わなければならなかった。

この痛切な体験こそふたりを全体主義の脅威に毅然《きぜん》として立ち向かわせ、ジャクソンの思想に共鳴させずにはおかなかった。やがて、気鋭の弟子たちは左の陣営から次第に右旋回を遂げていった。折しもカーター政権の宥和《ゆうわ》的な姿勢がソ連をアフガニスタンへの侵攻に向かわせてしまったと断じ、彼らを民主党の外交・安全保障政策から訣別《けつべつ》させたのだった。

アメリカのブッシュ政権は、サダム・フセインの独裁政権を強大な軍事力で瞬《また》く間に倒してしまった。だが現地では、いまだに治安の回復すら思うにまかせず、超大国は喘ぎ苦しんでいる。ブーヘンヴァルトの悲劇は、巡りめぐってもうひとつの悲劇を生んでしまったのではないだろうか。

はるかなり、香り米

ベセスダ

「ワシントン・ポスト」紙には影響力がない。かつてウォーターゲート事件でニクソン大統領を辞任に追い込んだこの有力紙も、こと三行広告に限っては「インフルエンシャル」とはいかないらしい。「影響力の王国」の支配は、生活に密着した情報交換の市場には及んでいない。

永かったワシントンでの特派員生活を終えて、帰国の準備に入っていた時のことだ。ムービング・セールと呼ばれる引っ越し市をやってみる、と妻が言いだした。

「もう使わないけれど愛着があるものを捨てるにはかなりのエネルギーが要るのよ。でも誰かが使ってくれると思えば手放しやすい。使い古した日用品にもそれなりの需要があると思うわ」

問題は客集めだった。広告媒体を使うなら新聞と街角ポスターのふたつが考えられる。新聞は世界に冠たる「ワシントン・ポスト」がある。水曜日までに電話でクレジットカードのナンバーを言って申し込む。わずか三十二ドルで、かの「ワシントン・ポスト」紙にわが家で市が立つという知らせが週末の三日間つづけて掲載される。

ガレージセールの探索をどうやら趣味にしているらしい若いアメリカ人ミセスが、貴重な助言をしてくれた。

「ニッポン人の引っ越し。断然これ。『ポスト』の宣伝コピーにはこれを謳《うた》わなくちゃダメよ」

日本人の引っ越しにはメイド・イン・ジャパンの掘出し物が出る、というのがセミプロの間では常識らしい。

だが、「ワシントン・ポスト」の広告だけではどうにも不安だった。そこで、金曜日の夕方、わが家から半径一マイルの道路脇《わき》二十カ所に手作りのポスターを貼《は》って歩いた。「日本人の引っ越し」と大書したポスターはタテ・ヨコ一メートル。平均時速八十マイルで走るドライバーたちの眼に留まるようにと矢印は太く黒々と仕上げて、お客をわが家に誘った。

いよいよセールという日、玄関のドアを叩《たた》くけたたましい音で起こされた。BMWの高級車でやってきた四人組だ。見ればまだ朝靄《あさもや》がかかっている午前六時ではないか。開店まで待っていては目当ての品が売れてしまうと押しかけてきたのだ。「セールは午前十時からです」とお引き取り願おうとしたが、家のなかを覗《のぞ》き込んで「これは売り物か」「あれはどうだ」と、なかなか退散しようとしない。

ただでさえ引っ越し騒ぎでくたびれ果てている。一刻も早くベッドに戻りたい。そうした弱みを見ぬかれたのだろう。つい相手の言い値でキッチンの丸テーブルを売り渡してしまった。聞けばフランスの外交官一家だという。ヴェルサイユ講和会議ですさまじいばかりの交渉術をみせたフランス外交。なかでもアメリカのウィルソン大統領をノイローゼに陥らせたのが宰相クレマンソーだった。その系譜を引くタフ・ネゴシエーターぶりだ。

「早速、このテーブルで朝食をいただきましょう」

こう言い残して賑《にぎ》やかに去っていった。

どうやら彼らは幸運を運んできたらしく、その後もお客が引きも切らず、即席バザールは予想をはるかに上回る盛況となった。やはり「ワシントン・ポスト」だ。伝説の社主、キャサリン・グラハム女史に感謝した。だが妻は首を振った。

「ポスターのおかげじゃないかしら」

そこで聞き取り調査に及んでみた。

「ポスターが眼に留まったのでやってきた」

なんと九割強の人々がこう答えたのだった。

ああ、動員力なき「ワシントン・ポスト」紙。かつて米ソ首脳会談の詳細を伝えるポスト紙の早版を求めて、誇り高い各国の外交官がポスト本社の前に行列する光景を目撃したことがある。そんな私には、じつに意外だった。

やはり、この栄光のメディアは、ホワイトハウスの最深部を照射させてこそ光り輝くのだ。引っ越しセールの三行広告に使ってはいけない。これが後任者への「引継ぎ事項」となった。

結局お客は二日間で延べ二百人を超えた。近所のアッパー・ミドルクラスからヒスパニック系、それにアジア系難民まで、さすが移民の国アメリカを体現するような多様さだった。なかでも上客は知的な風貌《ふうぼう》の男性ふたり組であった。買物はダイニング・テーブル、小さなキャビネット、ソファー・ベッドにアイロン。いずれも新たに家庭を持つための必需品ばかりだ。ふたりのじつに楽しげな様子から「カップル」とお見受けした。

お正月の切餅《きりもち》の真空パック。値段は三個でわずか五十セント。まず売れはしまいと思っていたのだが、早々と一ダースまとめて買い手がついた。しかも、求めていったのはアジア・モンスーン地帯からの移民ではない。きっと米の食文化に通じているインテリなのだろう、と思うことにした。ところが、午後になってお餅を抱えてこの客が舞い戻ってきた。

「泡立ちが悪い」

シャワーを浴びようとした奥さんにひどく叱《しか》られたらしい。なめらかな肌を保つと評判の日本製石鹸《せっけん》と勘違いしてまとめ買いしたのだ。

二日間のセールの戦果に満足して店じまいを始めているときだった。ブルーサファイアのような眼をしたイラン人の夫婦があわてて駆けつけてきた。日本に持ち帰るつもりでいたソファー・セットを見てどうしても欲しいという。しかも破格の安値で。さすがはペルシャ商人の国だけあって、あっぱれなネゴシエーターたちだ。はじめは抵抗を試みたが、結局、根負けして商談成立の運びとなった。彼らはシャーが追放されたイスラム革命の際、亡命してきた物理学者と薬学者のカップルだった。

数日後、思いがけない招待状が届いた。ソファーのお礼に心尽くしの手料理をご馳走《ちそう》したいという。ワシントンでもあまり治安がよくない一角にあるタウンハウスを訪ねてみた。ダイニング・ルームには、人づてに聞いたことのあるイランの香り米と羊のバーベキューに独特の風味を利《き》かせた見事なペルシャ料理が用意されていた。香り米はテヘランにひとり残った母親が送ってくれたものだという。上品でくせのない、なんとも不思議な味であった。忘れがたいディナーを終えた私たちは、つい先日までわが家にあったソファーにくつろいで、春を彩《いろど》る草花が咲き乱れるペルシャ高原に思いを馳《は》せ、そこで繰り広げられた動乱の物語に夜更《よふ》けまで聞き入ったのだった。

ミッション、その光と影

ホークマウンテン

「ニューアーク空港を発《た》ったユナイテッド93便はアレンタウンの上空をかすめて航行している」

ハイジャック機を追う連邦航空局の管制官が叫ぶ。映画『ユナイテッド93』が映し出すシーンが突如として鮮やかな記憶を蘇《よみがえ》らせ、気付けば、あの日の自分に戻っていた。

アパラチア山脈に沿ってカナダやニューイングランドから南米へと渡っていくハクトウワシが翼を休めるホークマウンテン。かつてハイビジョン・ドキュメンタリー『亡命者たち』の取材で訪ねたことがある美しい山だった。あの山麓《さんろく》を眼下に収めながら、ハクトウワシが弧を描くように回転しながら、テロリストに制圧された93便は消息を絶ったのだ。

ＮＨＫワシントン支局のスタジオで生中継を始めて三十分近くが経《た》った頃だった。支局の窓からはペンタゴンの火炎が黒々と見えた。三機目のハイジャック機が国防の中枢《ちゅうすう》に自爆攻撃をしかけたのだ。メモを持った同僚がスタジオに駆け込んできた。

「ハイジャックされた四機目の旅客機はウエスト・ペンシルヴェニアの上空にいるらしい。キャピトル・ヒルを狙《ねら》っている模様です。国務省は、極秘の場所に中枢機能を移しました」

自爆機が首都ワシントンをめがけて襲いかかろうとしている。現にホワイトハウスにも避難命令がでた。副大統領は秘密の核シェルターに姿をくらましてしまった。

なぜか恐怖心は希薄だった。ハイビジョンの中継回線を切断されたらどうして放送を続けようなどと考えていた。そのとき、93便の機内では異変が起き、旅客機は四十四人の乗員・乗客すべてを道連れにシャンクスヴィルに墜落していった。

だが、機内でどんな事態が起きたのか、誰にもわからない。ポール・グリーングラス監督は、遺族に長時間のインタビューを試みて、彼らの愛する者たちが最後の瞬間に電話で伝えた言葉を頼りに密室の模様を描いてみせた。

ハイジャックされた他の旅客機はどうやら自爆機に仕立てられたらしい。だがわれらが93便はそうはさせない——。こう決意した乗客たちはテロリストから操縦桿《かん》を奪回しようと試みる。

気鋭の監督は極少の物証で仮説を裏づけてもなお埋めきれぬ深い闇《やみ》に直観力で迫っていった。機上の戦いこそ、やがて始まるアメリカの対テロ戦争の先駆けとして活写された。同時に監督はテロリストにも乗客とおなじ眼差《まなざ》しを向け、この作品を「アメリカの映画」で終らせようとしなかった。

オリヴァー・ストーン監督の『ワールド・トレード・センター』も被災現場で生き埋めになった港湾局警察官のドラマを描いて9・11事件に挑んでいる。海兵隊の元軍曹カーンズは教会での祈りのさなかに神の啓示を受ける。被災現場でなお助けを求める者がいる。救い出せ、それがおまえのミッションだ——。彼は瓦礫《がれき》の奥底深くに分け入って、助けを待つふたりの警察官を見つけ出す。

「カーンズ元軍曹はその後志願してイラクの地に赴いた」

映画の終わりにこんなテロップが流れていた。

アメリカの国土に体当たりした四機のハイジャック機は、超大国をアフガニスタンからイラクへの戦争へと向かわせてしまった。「ブッシュのアメリカ」は自由の理念の旗を掲げて、イラクの独裁体制を覆《くつがえ》す、と力の行使に踏み込んでいった。アメリカ外交に埋め込まれている「理想主義」という名のDNAは、ときに無謀なミッションにこの国を駆りたててしまう。その果てにアメリカは、イラクの戦場でのた打ちまわり、後遺症に苦しんでいる。この戦争につき従った同盟国の指導者は自国民の批判を浴びて次々に失脚し、超大国アメリカは深い孤独のなかにある。

あの日から五年の歳月の後に完成した映像はそんなアメリカの姿をカーンズ軍曹と二重写しにしながら鮮烈なメッセージを放っている。

あとがきに代えて

「国際政治の研究者とは、熾烈《しれつ》な競争を生き抜かなければならない銀幕のスターのようなものだ」

本書に「黒衣の国際政治学者」として登場するわが師、ブライアン・ヘア教授が吐いた警句である。カトリック神父でもある教授は、テレビ番組「ハーバード白熱教室」で知られる政治哲学者、マイケル・サンデル教授に劣らぬ大学の人気者だった。講義のテーマは「核の時代を生きる政治指導者のディレンマ」なのだが、語り口はいかにも洒脱《しゃだつ》で一瞬も聴く者の気を逸《そ》らさなかった。

「サイレントの時代は去り、トーキーの時代が幕を開けてみると、一世を風靡《ふうび》したスターたちはあらかた姿を消していた。生き残ったのはほんのひと握りだった——」

ボストン郊外の大学町ケンブリッジのクィンシー通りにある古びたカトリック教会。そこで司祭をつとめるヘア教授は、日曜のミサの説教と変わらない軽妙な口調でこう断じた。

「冷たい戦争からポスト冷戦へ——。学者がふたつの時代を生きのびるには、チャップリンほどの天分が要る」

福沢諭吉も「恰《あたか》も一身にして二生を経《ふ》るが如《ごと》く、一人にして両身あるが如し」と述べている。希代の先覚者もやはり、明治維新を境にまったく異なる人生を生きた、という感慨があったのだろう。だがヘア教授が見抜いたように、幕末と維新期というふたつの時代を存分に生き抜いたと実感できた人はそれほど多くはなかったにちがいない。冷戦が幕を下ろし、異なる風景が出現した時代を生きのびた知識人も驚くほど少なかったろう。人々の多くは氷河期を迎えて絶滅してしまった恐竜群のように消えていった。使い古したレンズを通してポスト冷戦の風景を覗《のぞ》いても焦点深度が浅く、確かな像を結ばなくなってしまったからだろう。

われわれの眼前で繰り広げられる出来事は次々に起きては潰《つい》えていく。そんな現実を記録した言葉もアッという間に腐蝕《ふしょく》してしまう。鎌《かま》のように犀利《さいり》なハブの牙《きば》から迸《ほとばし》りでる獰猛《どうもう》な毒が蛋白《たんぱく》質をたちまち解体してしまうさまに似ている。冷戦の主敵だったクレムリンが放ったスパイたちを慈《いつく》しみ、丹精込めた花の名札に彼らの名を刻んだイギリスの女性情報戦士。ライン川の対岸の町ケーニヒスヴィンターで薔薇《ばら》を愛でながら韜晦《とうかい》の日々を送ったコンラート・アデナウアー翁《おう》。ブダペストの丘の墓地に眠るハンガリー動乱の少年兵士たち――。文庫本を編むにあたって、冷たい戦争の最前線を生きた人々の相貌《そうぼう》をスケッチした一連の文章を再録した。しかし、これらのルポルタージュも時の流れという名の猛毒ですっかり腐蝕しているのではないかと気がかりだった。断るまでもないが、僕は豊かな天分に恵まれた銀幕のスターなどではないからだ。だが本書に登場するインテリジェンスの賢者たちの吐く言葉は、獰猛な毒に抗《あらが》い、腐蝕を免れる叡知《えいち》を秘めているはず――そう思い定めることにした。

インテリジェンスとは、単なる諜報《ちょうほう》ではなく、極秘の情報でもない。雑多なインフォメーションの海から選り抜かれ、分析を重ねたインテリジェンスは、国家の命運を委《ゆだ》ねられた者が未知の航海に出ていく指針となる。深い霧のなかを進む巨大タンカーの前途を指し示す最新鋭レーダーのように。

常の人々には、冷たい戦争は永遠に続くかに見えたのだが、賢者たちの耳には、彼方《かなた》から雪解けの音が響いていたのだろう。彼らの網膜にはすでに新しい時代が映し出されていたのだ。眼前の大地は凍《い》てついたままだが、賢者たちは堅い氷盤を突き崩して新しい世界を拓《ひら》いていった。

「鉄の胃」宰相として登場するヘルムート・コールもそんなひとりだったが、彼を高く評価するドイツの知識人は数えるほどだった。さほど知的なリーダーではなかったからだろう。だが統一ドイツの宰相は、独仏の不戦の証《あかし》として、欧州の共通通貨ユーロを具現化させた。いまユーロはギリシャの財政破綻《はたん》に直面して苦境にあるが、その理念はいささかも輝きを喪《うしな》っていない。

ロナルド・レーガンもまた「映画俳優あがり」と東部エスタブリッシュメントのメディアから終始蔑《さげす》まれていた。だが米ソ核軍縮を初めて成し遂げ、自由と民主主義への揺るがぬ信念を貫いて冷たい戦争を終わらせた。彼こそ「二十世紀の賢者」の名に値しよう。レーガン大統領は銀幕のスターにして二生を生き抜いた現代史の大立者だった。

歴史の地平を切り拓くのは凡百の知識などではない。内なるインテリジェンスの叡知にほかならない。

「ミッション、その光と影」で描いた9・11同時多発テロ事件によって、ポスト冷戦の時代も早々と終止符が打たれてしまった。一身にして三生を経るように、われわれは、冷戦からポスト冷戦へ、さらにはポスト9・11の時代を生きている。それゆえ、毎日の暮らしも、日々の糧《かて》を得る生業《なりわい》も、国家の行方も、不透明感を強めつつある。そんななかで、東アジアの経済大国ニッポンは、一年ごとに首相が交代し、政治指導者が払底《ふってい》してしまった感がある。超大国アメリカの傘にひっそりと身を寄せ、戦後世界を漂ってきた罪と罰なのかもしれない。耳を澄ませば、「インテリジェンスの賢者たち」の声が地平の彼方から聞こえてくるのが分るだろう。

手嶋龍一

二〇一〇年六月

この作品は『ライオンと蜘蛛の巣』というタイトルで二〇〇六年十一月幻冬舎より刊行された。文庫化にあたり改題、加筆訂正を行なった。

手嶋龍一著

たそがれゆく日米同盟

―ニッポンFSXを撃て―

日米同盟は磐石のはずだった。あの事件が起きるまでは――。ワシントンと東京の狭間、孤立無援で闘い続けた哀しき外交戦士たち。

手嶋龍一著

外交敗戦

―130億ドルは砂に消えた―

外交を司る省、予算を預かる省。ふたつの勢力の暗闘が大失策を招いた！　戦略なき経済大国・日本の真実を圧倒的情報力で描ききる。

手嶋龍一著

ウルトラ・ダラー

拉致問題の謎、ハイテク企業の陥穽、外交官の暗闘。真実は超精巧なニセ百ドル札に刻み込まれた。本邦初のインテリジェンス小説。

青木冨貴子著

731

―石井四郎と細菌戦部隊の闇を暴く―

731部隊石井隊長の直筆ノートには、GHQとの驚くべき駆け引きが記されていた。戦後の混乱期に隠蔽された、日米関係の真実！

有村朋美著

プリズン・ガール

―アメリカ女子刑務所での22か月―

恋人の罪に巻き込まれ、米国の連邦刑務所に入った日本人女性。彼女が経験したそのプリズン・ライフとは？　驚きのアメリカ獄中記。

青沼陽一郎著

帰還せず

―残留日本兵 六〇年目の証言―

祖国のために戦いながら、なぜ彼らは日本へ帰らなかったのか。現地に留まった兵士たちの選択とその人生。渾身のルポルタージュ。

池谷裕二
糸井重里著

海馬
―脳は疲れない―

脳と記憶に関する、目からウロコの集中対談。「物忘れは老化のせいではない」「30歳から頭はよくなる」など、人間賛歌に満ちた一冊。

池澤夏樹著

ハワイイ紀行【完全版】
JTB紀行文学大賞受賞

南国の楽園として知られる島々の素顔を、綿密な取材を通し綴る。ハワイイを本当に知りたい人、必読の書。文庫化に際し2章を追加。

忌野清志郎著

忌野旅日記

泉谷、陽水、桑田……。キヨシローが旅の徒然に見聞きした、オカシなヤツらの笑えるウラ話を満載したギョーカイ交遊録エッセイ。

井上薫著

死刑の理由

あなたは宣告できますか？ 1983年から12年間に最高裁で確定した死刑判決の理由をダイジェストする。裁判員時代の必読書。

池田清彦著

正しく生きるとはどういうことか

道徳や倫理は意味がない。人が自由に、そして協調しながらより善く生きるための原理、システムを提案する、斬新な生き方の指針。

伊東成郎著

新選組
二千二百四十五日

近藤、土方、沖田。幕末乱世におのれの志を貫き通した最後のサムライたち。有名無名の同時代人の証言から今甦る、男たちの実像。

岩村暢子著
普通の家族がいちばん怖い
—崩壊するお正月、暴走するクリスマス—
元旦にひとり菓子パンを食べる子供、18歳の息子にサンタを信じさせる親。バラバラの家族をつなぐ「ノリ」とは——必読現代家族論。

衿野未矢著
十年不倫
自身も不倫の経験者と明かす著者が見極める愛と打算のさじ加減。女性たちの胸の痛みと本音に迫るノンフィクションの傑作。

江夏豊著
構成・波多野勝
左腕の誇り
—江夏豊自伝—
「江夏の21球」「オールスター9連続奪三振」「年間401奪三振」。20世紀最高の投手が、栄光、挫折、球界裏話を語った傑作自伝。

小澤征爾著
ボクの音楽武者修行
〝世界のオザワ〟の音楽的出発はスクーターでのヨーロッパ一人旅だった。国際コンクール入賞から名指揮者となるまでの青春の自伝。

大槻ケンヂ著
リンダリンダラバーソール
バンドブームが日本の音楽を変え、冴えない大学生だった僕の人生を変えた——。大槻ケンヂと愛すべきロック野郎たちの青春群像。

小川和久著
聞き手・坂本衛
日本の戦争力
軍事アナリストが読み解く、自衛隊。北朝鮮。日米安保。オバマ政権が「日米同盟最重視」を打ち出した理由は、本書を読めば分かる！

緒方英子著

オーケストラが好きになる事典

日本を代表するオケ奏者にインタビュー。演奏中の失敗談やプライベートの話など、コンサートでは見えない意外な素顔がわかる。

梯 久美子著

散るぞ悲しき
―硫黄島総指揮官・栗林忠道―
大宅壮一ノンフィクション賞受賞

地獄の硫黄島で、玉砕を禁じ、生きて一人でも多くの敵を倒せと命じた指揮官の姿を、妻子に宛てた手紙41通を通して描く感涙の記録。

勝谷誠彦著

麺道一直線

姫路駅「えきそば」、熊本太平燕、横手焼きそば――鉄道を乗り継ぎ乗り継ぎ、一軒一軒食べ歩いた選抜き約100品を、写真付きで紹介。

共同通信社社会部編

沈黙のファイル
―「瀬島龍三」とは何だったのか―
日本推理作家協会賞受賞

敗戦、シベリア抑留、賠償ビジネス――。元大本営参謀・瀬島龍三の足跡を通して、謎に満ちた戦後史の暗部に迫るノンフィクション。

北尾トロ著

危ないお仕事！

超能力開発セミナー講師、スレスレ主婦モデル、アジアの日本人カモリ屋。知られざる、闇のプロの実態がはじめて明かされる！

黒井勇人著

ブラック会社に勤めてるんだが、もう俺は限界かもしれない

ニート男が就職したのは、ダメダメな上司にウザイ同僚のブラック会社。この人生に未来はあるのか。どーするマ男、負けるなマ男。

佐野眞一著

阿片王
―満州の夜と霧―

策謀渦巻く満州国で、巨大アヘン利権を一人で仕切った男。「阿片王」里見甫の生涯から戦後日本の闇に迫った佐野文学最高の達成！

最相葉月著

絶対音感
小学館ノンフィクション大賞受賞

それは天才音楽家に必須の能力なのか？ 音楽を志す誰もが欲しがるその能力の謎を探り、音楽の本質に迫るノンフィクション。

最相葉月著

星新一（上・下）
―一〇〇一話をつくった人―
大佛次郎賞・講談社ノンフィクション賞受賞

大企業の御曹司として生まれた少年は、いかにして今なお愛される作家となったのか。知られざる実像を浮かび上がらせる評伝。

佐々木嘉信著
産経新聞社編

刑事一代
―平塚八兵衛の昭和事件史―

徹底した捜査で誘拐犯を自供へ追い込んだ吉展ちゃん事件、帝銀事件、三億円事件など、捜査の最前線に立ち続けた男が語る事件史。

佐藤優著

国家の罠
―外務省のラスプーチンと呼ばれて―
毎日出版文化賞特別賞受賞

対ロ外交の最前線を支えた男は、なぜ逮捕されなければならなかったのか？ 鈴木宗男事件を巡る「国策捜査」の真相を明かす衝撃作。

佐藤優著

自壊する帝国
大宅壮一ノンフィクション賞・
新潮ドキュメント賞受賞

ソ連邦末期、崩壊する巨大帝国で若き外交官は何を見たのか？ 大宅賞、新潮ドキュメント賞受賞の衝撃作に最新論考を加えた決定版。

佐藤唯行著
アメリカはなぜイスラエルを偏愛するのか
ユダヤ・ロビーは、イスラエルに利益をもたらすため、超大国の国論をいかに傾けていったのか。アメリカを読み解くための必読書！

山口瞳著
重松清編
山口瞳「男性自身」傑作選 中年篇
いま静かに山口瞳ブームが続いている！ 再評価される名物コラムの作品群から、著者40代の頃の哀歓あふれる名文を選び再編集した。

清水久典著
死にゆく妻との旅路
膨れ上がる借金、長引く不況、そして妻のガン。「これからは名前で呼んで……」そう呟く妻と、私は最後の旅に出た。鎮魂の手記。

下川裕治著
5万4千円でアジア大横断
地獄の車中15泊！ バスを乗り継ぎトルコまで陸路で行く。狭い車内の四角い窓から大自然とアジアの喧騒を見る酔狂な旅。

椎根和著
平凡パンチの三島由紀夫
三島最後の三年間、唯一の剣道の弟子として、そして番記者として見つめた、文豪の意外な素顔。三島像を覆す傑作ノンフィクション。

鈴木健夫著
ぼくは痴漢じゃない！
—冤罪事件643日の記録—
「触ったでしょ！」と若い女性に糾弾され、痴漢犯人に仕立てあげられた会社員。冤罪事件で逆転無罪を勝ち取った著者の渾身の手記。

高沢皓司著　**宿命**
―「よど号」亡命者たちの秘密工作―
講談社ノンフィクション賞受賞

一九七〇年、日航機「よど号」をハイジャックし北朝鮮へ亡命した赤軍派メンバー。彼らは恐るべき国際諜略の尖兵となっていた！

高山文彦著　**水平記**（上・下）
―松本治一郎と部落解放運動の一〇〇年―

全国水平社、部落解放同盟を率いて日本人権史に屹立する松本治一郎。新資料も交えて、差別と闘った壮絶な生涯を追う画期的評伝。

檀ふみ著　**父の縁側、私の書斎**

煩わしくも、いとおしい。それが幸せな記憶の染み付いた私の家。住まいをめぐる様々な想いと、父一雄への思慕に溢れたエッセイ。

坪内祐三著　**考える人**

小林秀雄、幸田文、福田恆存……16人の作家・批評家の作品と人生を追いながら、その独特な思考のスタイルを探る力作評論集。

鶴我裕子著　**バイオリニストは目が赤い**

オーケストラの舞台裏、マエストロの素顔、愛する演奏家たち。N響の第一バイオリンをつとめた著者が軽妙につづる、絶品エッセイ。

手塚正己著　**軍艦武藏**（上・下）

十余年の歳月をかけて徹底取材を敢行。世界最大の戦艦の生涯、そして武藏をめぐる蒼き群像を描く、比類なきノンフィクション。

新潮文庫最新刊

塩野七生著
ローマ人の物語38・39・40 キリストの勝利（上・中・下）
ローマ帝国はついにキリスト教に呑込まれる。帝国繁栄の基礎だった「寛容の精神」は消え、異教を認めぬキリスト教が国教となる——。

手嶋龍一著
インテリジェンスの賢者たち
情報の奔流から未来を摑み取る者、彼らを賢者と呼ぶ。『スギハラ・ダラー』の著者が描く、知的でスリリングなルポルタージュ。

ビートたけし著
たけしの最新科学教室
宇宙の果てはどこにある？ ロボットが意思を持つことは可能？ 天文学、遺伝学、気象学等の達人と語り尽くす、オモシロ科学入門。

椎根和著
popeye物語 ―若者を変えた伝説の雑誌―
1976年に創刊され、当時の若者を決定的に変えた雑誌popeye。名編集長木滑とその下に集う個性豊かな面々の伝説の数々。

高月園子著
ロンドンはやめられない
ゴシップ大好きの淑女たち、アルマーニ特製のワイシャツを使い捨てるセレブキッズ。ロンドン歴25年の著者が描く珠玉のエッセイ集。

佐渡裕著
僕はいかにして指揮者になったのか
小学生の時から憧れた巨匠バーンスタインとの出会いと別れ——いま最も注目される世界的指揮者の型破りな音楽人生。

インテリジェンスの賢《けん》者《じゃ》たち

新潮文庫　て－1－6

平成二十二年九月一日発行

著者　手《て》嶋《しま》龍《りゅう》一《いち》

発行者　佐藤隆信

発行所　株式会社　新潮社

郵便番号　一六二―八七一一
東京都新宿区矢来町七一
電話　編集部(〇三)三二六六―五四四〇
　　　読者係(〇三)三二六六―五一一一
http://www.shinchosha.co.jp

価格はカバーに表示してあります。

乱丁・落丁本は、ご面倒ですが小社読者係宛ご送付ください。送料小社負担にてお取替えいたします。

印刷・株式会社三秀舎　製本・加藤製本株式会社

ISBN978-4-10-138116-9　C0195